Veronica Wägner

TOWER
Bitte kommen!

Tollkühne Tiefflieger

SCHNEIDER BUCH

Die Deutsche Bibliothek – CIP-Einheitsaufnahme

Wägner, Veronica:
Tower, bitte kommen! / Veronica Wägner. – München : Egmont Schneider

Bd. 4. Tollkühne Tiefflieger / [Übers. aus dem Schwed.: Marianne Vittinghoff]. – 1998
ISBN 3-505-10840-5

Dieses Buch wurde auf chlorfreies, umweltfreundlich hergestelltes Papier gedruckt. Es entspricht den neuen Rechtschreibregeln.

Der Schneider Verlag im Internet:
http://www.schneiderbuch.de

Titel der schwedischen Originalausgabe: Novemberdimma
First published by AB Rabén & Sjögren Bökforlag, Stockholm, in 1997
Übersetzung aus dem Schwedischen: Marianne Vittinghoff
Titelbild: Thomas Vogler
Umschlaggestaltung: ART-DESIGN Wolfrath, München
Lektorat: Iris Praël
Herstellung: Gabi König
Satz: Hans Buchwieser GmbH, München-Kirchheim
Schrift: Caslon Regular 12'
Druck: Presse-Druck, Augsburg
Bindung: Conzella Urban Meister, München-Dornach
ISBN 3-505-10840-5

98 99 | 10 9 8 7 6 5 4 3 2 1

1

Als das kleine Flugzeug auf der Startbahn anrollte, bereute Lovisa bereits, was sie getan hatte. Aber jetzt war es zu spät. Der Motor lief auf Hochtouren. Lovisa wurde beim kräftigen Gasgeben ruckartig in den Sitz nach hinten gedrückt. Grasflächen und kahle Bäume rasten vor den Fenstern an ihr vorbei.

Ruhig und sicher hielt Rita den Steuerknüppel im neutralen Bereich. Als sie Geschwindigkeit aufgenommen hatte, ging sie in den Steigflug über.

Warum habe ich mich bloß darauf eingelassen?, fragte sich Lovisa verzweifelt.

Am liebsten wäre sie wieder ausgestiegen, aber dafür war es jetzt ja zu spät. Und wie sollte Rita auch verstehen können, was für eine Angst Lovisa hatte? Ihr kamen die Tränen und sie klammerte sich mit beiden Händen am Sitz fest.

Wieso hatte sie sich bloß dazu überreden lassen, in einem Flugzeug mitzufliegen. Nur um Jonas zu treffen. Dabei liebte er sie vielleicht gar nicht mehr! Wer weiß, ob er sich inzwischen nicht schon in eine andere verknallt hat? Drei Monate sind schließlich eine lange Zeit. Und Jonas machte kein Geheimnis daraus, dass viele hübsche Mädchen in seine Klasse gingen.

Die Konturen vor dem Fenster verengten sich zu einem einzigen undeutlichen Strich. Lovisa machte die

Augen zu und verpasste dadurch den für Rita magischen Augenblick, als die Maschine vom Boden abhob. Aber sie spürte es. Sie spürte, dass die Piper Arrow jetzt auf eine für sie unerklärliche Weise in die Luft schwebte – wie die Schwalben zu Hause vor der ehemaligen Kapelle, die Rita für sich als Wohnung eingerichtet hatte.

Das kleine Flugzeug mit der Zulassungsnummer SE-FCG stieg einem klaren Novemberhimmel entgegen. Lovisa wollte gerade die Augen aufmachen, als sie eine Hand auf ihrem Bein spürte.

„Na, wie geht's Lovisa? Ich habe nicht mehr daran gedacht, dass du Angst vorm Fliegen hast."

Ritas Stimme in den Kopfhörern klang weit weg, obwohl sie ja direkt neben ihr saß.

„Jetzt ist es okay. Ich mag es nur nicht, wenn das Flugzeug so schief liegt", sagte Lovisa und bemühte sich ihre Gesichtszüge wieder in Ordnung zu bringen.

„Gleich werden wir auf unserer Höhe sein. Dann geht es dir bestimmt besser."

Der Tacho pendelte um die 200 Stundenkilometer und Rita funkte den Fluglotsen an, damit er ihr die erlaubte Flughöhe angab. Die Antwort lautete sechstausend Fuß und bald flog die Maschine gemächlich auf das erste Funkfeuer zu. Auf Ritas Schoß lag die Karte mit der eingezeichneten Flugstrecke Växjö-Gävle und ihr Blick wanderte zwischen all den Kontrollinstrumenten hin und her. Wie so oft, wenn sie flog, wurde sie von einer inneren Ruhe erfüllt. Sie haben eine gute Wettervorhersage bekommen, wenn man bedenkt, dass es schon Anfang November war: Sonne, klare Sicht und schwacher Wind. Rita schielte zu Lovisa auf dem Sitz neben ihr. Sie ärgerte sich, dass sie Lovisas Angst beim Starten und Landen vergessen hatte. Aber vielleicht sollte man auch wieder nicht so viel Trara darum machen.

Jedenfalls war es ein Glück, dass sie in dem Gebiet Gävle-Sandviken Flugschüler bekommen hat, sodass Jonas und Lovisa eine Möglichkeit bekamen sich wieder zu sehen. Lovisa hat wie eine frostgeschädigte Blume ausgesehen, seitdem Jonas nach Hause gefahren war. Rita hatte ihr alle möglichen Aktivitäten vorgeschlagen, aber Lovisa lebte nur für die Briefe und die Telefonate mit Jonas.

Ich habe anscheinend vergessen, was es heißt fünfzehn zu sein, dachte sie und streckte sich nach der Sonnenbrille.

Die Novembersonne war blass aber dennoch stark, solange der Himmel wolkenfrei war. Die Landschaft unter ihnen war graugrün mit langen Schatten und in tiefer liegenden Gegenden hingen noch einzelne Nebelschwaden. Hier und da schimmerte eine Wasserfläche zwischen den dunkleren Partien hervor.

„Rita! Und wenn Jonas mich vergessen hat?“

„Vergessen? Meiner letzten Telefonrechnung nach ist das rein technisch unmöglich. Ihr habt ja fast jeden Tag miteinander geredet.“

„Nicht jeden!“, protestierte Lovisa.

„Okay! Aber ein paarmal in der Woche schon. Natürlich hat er dich nicht vergessen. Es ist doch ganz klar, dass du dich nach drei Monaten etwas unsicher fühlst.

Relax! Und denk daran, dass es ihm wahrscheinlich ganz ähnlich geht."

Lovisa blickte aus dem Fenster über die rotweiß lackierte Tragfläche hinaus zum Horizont. Mit einem Mal war ihr besser zu Mute. Denn daran hatte sie nicht gedacht. Jonas hatte vielleicht genauso viel Angst vor ihrem Treffen wie sie. Schließlich hatten sie schon im Sommer ausgemacht, dass sie sich in den Herbstferien treffen wollten.

Ein paar Wolkenfetzen tauchten am Horizont auf. Rita schaute auf die Uhr. Noch eineinhalb Stunden Flug. Gegen halb eins müssten sie den Flugplatz von Rörberg erreichen. Ihr war ebenfalls etwas mulmig, wenn auch nicht aus dem gleichen Grund wie Lovisa. Ritas Halbbruder Thomas, Jonas Vater, würde sie vom Flughafen abholen. Sie waren einander noch nie begegnet und würden sich heute zum ersten Mal sehen. Bislang hatten sie nur miteinander telefoniert und dabei meistens nur über praktische Dinge gesprochen, die Jonas und seine Sommeraufenthalte bei ihr in der Kapelle betrafen. Ein schlechtes Foto war das Einzige, worüber Rita sich hatte Gedanken machen können. War er nett und sympathisch oder langweilig und anstrengend? Was hielt er eigentlich von seiner wilden Halbschwester, die seinen Sohn schon in mehrere halsbrecherische Abenteuer hineingezogen hatte? Sie war sich peinlich bewusst, dass sie sich nicht so benommen hatte, wie es Tanten eigentlich tun sollten: Zimtschnecken backen oder Monopoly spielen.

Die Wolken am Himmel nahmen zu, aber die Sonne

gab längst noch nicht auf und leuchtete immer noch freundlich auf die Maschine.

Rita suchte das Kartenblatt für die letzte Teilstrecke heraus, während sie weiter über ihren Neffen Jonas nachdachte, der schon zum dritten Mal seine Sommerferien bei ihr verbracht hatte. Also so verkehrt konnte es wohl nicht bei ihr gewesen sein. Sie lächelte vor sich hin, als sie an ihren fünfunddreißigsten Geburtstag zurückdachte, den sie groß gefeiert hatte und an dem Lovisa und Jonas bedient hatten. Er hatte einen Anzug getragen und so erwachsen ausgesehen. Da erst war es Rita klar geworden, dass er tatsächlich kein Grünschnabel mehr war.

Eine der Wolken schob sich nun vor die Sonne und weitere folgten. Es krachte und knirschte in den Kopfhörern und die Maschine hüpfte leicht im Wind. Lovisa war angespannt, traute sich aber doch auf den großen See, den sie gerade überflogen, runterzuschauen.

„Wir haben jetzt Hjälmaren unter uns", hörte sie Ritas Stimme. „Siehst du das kleine Boot, das dort unten mit den Wellen kämpft?"

Lovisa nickte und lehnte sich vor um besser sehen zu können.

Im gleichen Augenblick spürte sie, wie sich etwas hinter ihrem Rücken bewegte. Für den Bruchteil einer Sekunde wurde ihr eiskalt, aber gleich darauf war sie wieder erleichtert, als ihr klar wurde, dass sie nur vergessen hatte, dass Ritas Hund Rajtan mit an Bord war. Sie bückte sich, hob den Dackel auf ihren Schoß, streichelte ihn und küsste ihn aufs Ohr. Rajtan antwortete mit einem feuchten Lecken auf ihrer Backe und gähnte zufrieden.

„Jonas gefällt es bestimmt nicht, dass du dabei bist", flüsterte Lovisa der Hündin ins Ohr. „Er war schon immer etwas eifersüchtig auf dich."

Rajtan wedelte mit dem Schwanz, blickte zu ihr auf und schien ihr zuzustimmen. Ohne Lovisas Bitten hätte Rajtan brav zu Hause bleiben müssen. Aber sie hatte sich Sorgen gemacht, dass es der kleine Dackel nicht eine Woche lang in einer Hundepension ausgehalten hätte. Rita hatte zwar keine Sekunde daran geglaubt, aber sie ließ sich von Lovisa überreden, zumal sie sie nicht unnötig von dem Hund trennen wollte. Rajtan war diejenige, die Lovisa nach der Trennung von Jonas zum Funktionieren gebracht hatte. Rajtans Bedarf an Zärtlichkeiten und Spaziergängen hatte sie bei Laune gehalten.

„Meinst du, Jonas merkt, dass meine Haare gewachsen sind?", wollte Lovisa wissen.

Wenn nicht, wird er wenigstens merken, dass sie frisch gewaschen sind und wie Gold glänzen, dachte Rita. Einige Mühe steckte in dem schönen Haar, das über den schwarzen Pulli wallte.

„Ich weiß nicht. Jungs sehen ja nicht immer das, was uns auffällt. Simon hat es damals nicht mal gemerkt, als ich meine Haare kurz geschnitten habe.

„Du hast mal lange Haare gehabt?", rief Lovisa überrascht.

„Ja. Es ist schon ein paar Jahre her. Aber in meinem Beruf sind kurze Haare viel praktischer."

„Was hat Simon dazu gesagt, dass wir eine Woche wegbleiben?"

„Nichts Besonderes. Er hat zufällig einen Job in der Nähe und schaut mit größter Wahrscheinlichkeit mal vorbei. Simon will mich doch immer im Auge behalten."

Letzteres kommentierte Lovisa nicht. Sie wusste, dass Rita darüber genervt war, dass Simon immer wissen wollte, wo sie war. Lovisa hatte ständig Angst, dass ihre Beziehung auseinander gehen würde.

Simon war wie ein Vater für sie, ein Ersatz für ihren Vater, den sie nie gesehen hat. Ihren Stiefvater wollte sie am liebsten vergessen. Das gelang ihr zwar nicht ganz, aber seit sie bei Rita wohnte, musste sie wenigstens nicht wie zu Hause jeden Tag Angst vor ihm haben. Ihre Mutter schien weder die Kraft noch den Mut zu haben, sich von diesem gewalttätigen Mann zu trennen. Eine kurze Atempause hat die Familie zwar dadurch bekommen, dass er eine Gefängnisstrafe absitzen musste. Aber jetzt würde er bald wieder draußen sein und würde wieder sein Unwesen treiben können. Lovisa ballte die Hände zusammen, als sie daran dachte. Sie war wütend auf ihre Mutter, aber auch traurig. Klar tat sie ihr Leid, aber sie tat auch verdammt wenig, um etwas an ihrer Situation zu verändern.

„Örebro liegt bald unter uns", sagte Rita. „Siehst du den Kirchturm, der dort unten aufragt? Kirchen sind leicht zu sehen und man kann sich gut nach ihnen orientieren."

Lovisa schaute fasziniert auf die bunte Landschaft unter ihnen. Es wäre nicht schlecht gewesen, wenn sie in der Schule im Erdkundeunterricht einen Turn mit Rita hätten drehen können. Sie vergaß völlig, dass sie eigentlich Angst hatte.

„Wenn klare Sicht herrscht, kann man über 100 Kilometer weit sehen“, sagte Rita und nahm die Sonnenbrille ab.

Der Motor brummte, das Flugzeug rüttelte leicht und die Sonne war nun endgültig hinter einer immer dichter werdenden Wolkenstraße verschwunden. Lovisa fing an schläfrig zu werden. Rajtans Körper auf ihrem Schoß wärmte so schön. Sie machte die Augen zu und versank in ihren Träumen von Jonas.

Kurz darauf wurde sie abrupt geweckt. Das Flugzeug schien wie ein Stein nach unten zu fallen und Lovisa wurde nach vorne geschleudert, bis sie im Sicherheitsgurt hängen blieb. Nach ein paar Sekunden, die ihr wie Jahre vorkamen, erlangten die Flügel ihre Stabilität wieder und Lovisa plumpste hart auf den Sitz zurück. Als sie vor lauter Schreck nach etwas griff, woran sie sich festhalten konnte, fiel Rajtan auf den Kabinenboden. Die Maschine hüpfte wie ein Känguru durch die Luft. Mit einem Mal war die schöne Landschaft unter ihnen verschwunden. Vor den Kabinenfenstern war nur noch eine graue undurchsichtige Wand. Es war unmöglich zu entscheiden, was oben und was unten war. Die Tragfläche an Lovisas Seite schwang wie bei einem großen Vogel.

So gern Rita es auch wollte, sie hatte keine Zeit sich um ihren Schützling zu kümmern. Sie hatte alle Hände voll zu tun die unterschiedlichen Luftdrücke zu durchfliegen, die durch lokale Winde entstanden. Trotz der guten Wettervorhersage waren sie voll in einen Schneeregen hineingeflogen. Rita versuchte Kontakt mit dem Fluglotsen in Örebro zu bekommen, um vom Tower aus um die Schlechtwetterfront herumgeleitet zu werden. Die statische Aufladung in dieser Wolke verursachte Störungen im Radio, es knackte und knisterte. Schließlich konnte sie aber doch die Information hören, die Wolke links zu umfliegen.

„SE-FCG an Östgöta Kontrolltower, bitte kommen! Es geht nicht, wir sind mitten drin, die Schlechtwetterfront ist zu groß.“

Im nächsten Augenblick fiel ihr der Temperaturmesser ins Auge. Minus zwei Grad! Rita sah durch die Windschutzscheibe auf die Tragflächen. Sie ahnte schon das Schlimmste: Auf den vorderen Seiten hatte sich Eis gebildet und Tropfen aus gefrorenem Wasser fügten sich schnell hinzu. Vereisung! Sie hörte, wie der Motor seine Drehzahl veränderte, als der Propeller in Sekundenschnelle vereiste und immer schwerer wurde.

Lovisa klammerte sich am Sitz fest, ganz weiß im Gesicht. Sie verstand sofort, wie ernst ihre Lage war. Sie murmelte leise ein Gebet und bat, dass Rita die Situation meistern würde und dass jemand dort oben im Himmel ihnen Beistand leisten würde. Oder war es vorgesehen, dass sie Jonas nicht wieder sehen sollte? An ihre zitternden Beine drückte sich Rajtan, die ausnahmsweise auch mal Angst hatte.

Das kleine Flugzeug schaukelte in der Luft, legte sich auf die Seite und flog tiefer und tiefer in die Wolke hinein, während Rita immer wieder den Tower anrief, damit man ihr eine niedrigere Flughöhe anwies. Die Frage war nur, ob sie die Zeit dazu haben würde, auf eine Antwort zu warten.

2

Als Jonas am Samstagmorgen aufwachte, war es erst sechs Uhr früh. Draußen vor dem Fenster war noch immer finstere Nacht. Nach einem Blick auf die Uhr tauchte er wieder unter die Decke und versuchte noch einmal einzuschlafen. Aber es war völlig unmöglich. Der Gedanke an das bevorstehende Treffen mit Lovisa machte ihn hellwach. Wie sie wohl sein Leben und seine Freunde finden würde? Mit ihren blonden Haaren könnte irgendein Typ sie ihm doch auf der Stelle wegschnappen. Aber am Telefon hat sie ganz normal geklungen. Und wenn sie ihn nicht sehen wollte, müsste sie ja nicht mit Rita mitkommen.

Diese Gedanken kamen ihm immer wieder und schließlich gab er es auf und machte die Lampe an. Er ging aufs Klo ohne im Flur Licht zu machen. Das Haus war noch still, alle schliefen noch. Nur das Kaninchen seiner Schwester raschelte in seiner Kiste. Im Bad ließ er sich kaltes Wasser über das Gesicht laufen um einen klaren Kopf zu bekommen. Das war ja total verrückt! Er war ja aufgeregter als vor einem Cross-Rennen.

Zurück im Zimmer machte er das Deckenlicht an und sah sich kritisch um. Was für ein Chaos: Klamotten, Schulbücher, Modellflugzeuge, CDs und Mopedteile lagen überall verstreut herum. Bis auf das Bett gab es hier für Lovisa keine freie Fläche zum Sitzen. Hatte das

Zimmer wirklich die ganze Zeit so ausgesehen? Jetzt war ihm klar, warum seine Mutter jedes Mal, wenn sie an seiner Tür vorbeiging, so ein Gesicht machte.

Okay! Jetzt wird aufgeräumt, dachte Jonas und zog sich an: Seine Kleider lagen in einem Haufen auf dem Boden. Seine Tante sollte dieses Chaos besser nicht sehen. Er wollte doch Pilot werden und ein Flieger muss seine Sachen in Ordnung halten.

Jonas fing mit den Klamotten an, die er mit völlig anderen Augen ansah. Schmutzig, dachte er und warf die meisten Sachen vor die Tür. Der Staub stand wie eine Wolke im Zimmer und Jonas musste mehrmals niesen. Ein großes Autoposter fiel langsam von der Wand. Jetzt kamen die Mopedteile an die Reihe. Er breitete eine Zeitung auf dem Boden aus und stapelte die Teile aufeinander.

Er dachte daran, dass seine Tante ihn zu Hause besuchen wird. Würde sie ihren neuen Bruder und ihre neue Schwägerin mögen? Jonas spürte, dass er sich Sorgen machte, wie sie sie finden würde. Seine fliegende Tante hatte ja ihre eigenen, besonderen Ansichten.

Ein Blick auf die CDs weckte seine Lust auf Musik. Mit ein paar coolen Songs fiel ihm das Aufräumen bestimmt leichter. Jonas besaß eine voluminöse Stereoanlage und jede Menge selbst gemachte Lautsprecher. Er brachte sich mit einer seiner Lieblingsdiscs in Stimmung und machte mit einem großen Modellflugzeug im Arm ein paar Tanzschritte. Das Flugzeug durfte dann hoch oben auf einem Schrank landen, wobei es eine neue Wolke Staub über ihn herabregnen ließ. Die Schulbücher stopfte er in die Schreibtischschubladen und die Schuhe und Socken warf er in den Kleiderschrank. Zwischendurch stellte er sich in eine Ecke des Zimmers und beurteilte das Resultat. Schließlich verfrachtete er die Mopedteile unters Bett und drückte gerade die Disketten ins oberste Schubfach, als die Tür zu seinem Zimmer sperrangelweit aufging.

„Jonas! Was in aller Welt treibst du hier? Mach gefälligst die Musik leiser! Du wohnst doch nicht allein im Haus!"

Sein Vater Thomas stand barfuß mitten in dem Kleiderhaufen vor der Tür, den Bademantel halb übergeworfen und die Haare durcheinander. Jonas bemühte sich nicht zu lachen und beugte sich über den CD-Player.

„Es ist ja noch nicht einmal sieben Uhr!"

Hinter Thomas kam Jonas' kleine Schwester Lisa zum Vorschein. Sie schielte neugierig in sein Zimmer.

„Du weißt ja gar nicht, wie nervig du bist!", rief sie aus. „Ich habe dir doch schon lange gesagt, dass du mal aufräumen sollst. Aber warum machst du es dann ausgerechnet an dem einzigen Morgen, an dem ich ausschlafen kann?"

Typisch Lisa, für Papa Partei zu ergreifen, dachte Jonas und knallte eine Schublade zu.

„Mann, ich kann doch nichts dafür, dass du dich am Sonntagmorgen immer im Reitstall herumtreiben musst", sagte er ohne sie anzusehen.

„Jonas! Wenn man zusammen wohnt, muss man schon Rücksicht aufeinander nehmen!", belehrte ihn Thomas.

„Ja, ja! Ich werde keine Musik mehr machen. Geht nur wieder ins Bett, ihr zwei!“

Die Familie war vollzählig, als jetzt auch noch seine Mutter Anja ins Zimmer trat.

„Ich kann nach diesem Erwachen nicht mehr einschlafen. Jonas, du darfst die Wäsche ins Bad tragen. Ich gehe runter und setze Kaffee auf“, sagte sie und ging zur Treppe.

Thomas brummelte etwas Unverständliches und verschwand ebenfalls. Jonas schob die Tür zu und lehnte sich mit dem Rücken dagegen. Er seufzte tief. Kein Thema, dass es schön sein würde, endlich sein eigener Herr zu sein, Musik machen zu können, wann er es wollte, nachts wegzubleiben, ohne dass jemand wach lag und auf ihn wartete. Vielleicht sollte er zu Rita ziehen? Sie behandelte ihn eher wie einen Erwachsenen.

Jemand drückte draußen gegen die Tür. Jonas öffnete sie einen Spalt weit.

„Ist mir schon klar gewesen, dass man spinnt, wenn man verknallt ist, aber du übertriffst echt alles“, rief ihm Lisa neckend zu.

Jonas knallte die Tür zu und hörte, wie sie lachend die Treppe hinunterlief. Er schüttelte den Kopf. Schade, dass sein Schwesterherz und er immer auf Kollisionskurs waren. Manchmal hätte er sie schon gerne fragen wollen, wie Mädchen so denken. Besonders, wenn er mit Lovisas Reaktionen nicht klarkam.

Draußen wurde es langsam hell. Sollte er den Staubsauger jetzt oder später holen? Jonas beschloss zu warten, da die Familie gegen Lärm am Sonntagmorgen allergisch zu sein schien.

Um viertel vor zwölf steckte Jonas den Schlüssel in das Zündschloss und startete das Auto. Der Motor sprang gleich beim ersten Versuch an. Das Garagentor war schon auf und er fuhr vorsichtig in die Einfahrt, machte den Motor aus und zog die Handbremse an. Als er das Tor wieder zugezogen hatte, setzte er sich auf den Beifahrersitz und wartete auf Thomas. In einem halben Jahr würde er mit den Fahrstunden für den Führerschein anfangen. Da würde er jeden Tag seine Eltern zu einer Übungsfahrt überreden. Ungeduldig spähte Jonas nach seinem Vater und warf gleichzeitig einen prüfenden Blick auf ihr Reihenhaus. Er wohnte wirklich in einem selten langweiligen Haus, wenn man es mit Ritas cooler Kapelle verglich: die rote Treppe und die hohen Fenster. Was würde Lovisa dazu sagen? Es war ihm irgendwie unangenehm, ihr sein zu Hause zu zeigen.

Auf dem Weg zu dem Flughafen waren sie beide ungewöhnlich still, Jonas und sein Vater. Sie hatte nicht einmal das Autoradio an. Thomas dachte über Rita nach und Jonas über Lovisa.

„Mag Rita eigentlich Lammfleisch?“, wollte Thomas wissen. „Das gibt es bei uns heute Abend.“

„So weit ich weiß, isst sie alles“, sagte Jonas und fuhr sich mit den Fingern durchs Haar. Typisch, dass sie nicht danach fragen, was Lovisa gern isst, dachte er.

„Apropos! Großmutter fragte, ob du sie nicht in den Ferien besuchen möchtest. Du warst ja eine Ewigkeit nicht mehr bei ihr.“

„Ja, ja“, sagte Jonas ohne Begeisterung. „Mal sehen, ob ich das zeitlich packe!“

Er seufzte leise. Das wäre vielleicht der Hammer, mit Lovisa zu seiner Oma zu fahren. Sein Vater brachte aber echt die tollsten Vorschläge!

Nachdem er eine halbe Stunde gewartet hatte und ungeduldig die einzige Treppe, die es in der Flughalle gab, hoch- und runtergelaufen war, zwang Jonas seinen Vater nach der Position der SE-FCG-Maschine zu fragen. Er sah, wie der Mann in der Information den Tower anrief. Nach einem kurzen Gespräch kam Thomas mit einer besorgten Miene zu Jonas zurück.

„Sie sind anscheinend in einen Schneeregen geraten und haben Probleme durch Vereisung bekommen“, sagte Thomas. „Im Moment können sie nicht mal sagen, wie viel Verspätung das Flugzeug haben wird.“

Jonas spürte, wie sein Herz in der Brust zu klopfen anfing.

Vereisung der Tragflächen war eine häufige Ursache für Flugzeugabstürze. Er holte tief Luft. Es durfte ihnen nichts passieren. Nicht jetzt.

„Vereisung ist doch eine schlimme Sache, oder?“, erkundigte sich sein Vater unsicher.

„Ja. Aber Rita schafft das bestimmt. Sie ist keine Anfängerin“, sagte Jonas, ohne ganz die Zuversicht zu spüren, der seine Worte Ausdruck verliehen.

Unterdessen kämpfte das kleine Flugzeug SE-FCG gegen die Unbilden der Witterung. Die Maschine hatte jetzt durch die vom Eis erschwerten Propellerumdrehungen an Geschwindigkeit verloren und Rita ließ die Maschine schnell durch die Wolkenschichten sinken. Auf Grund der Funkstörungen hatte sie vom Östgöta Tower keine neue Flughöhe angegeben bekommen, aber sie hatte auch keine Zeit sie abzuwarten. Sie wusste nur zu gut, dass sie schnell handeln musste, wenn Lovisa und sie nicht zu früh in ihrem nächsten Leben landen wollten.

Andererseits war es bei den vielen wechselnden Luftströmungen fast unmöglich, den Kurs zu halten. Rita parierte beim Sinken die Luftlöcher, so gut sie konnte, aber trotzdem blieben Lovisa und sie immer wieder in ihren Gurten hängen. Ein Knattern drang in das Cockpit, während Lovisa entsetzt die Tragfläche neben sich schwingen sah.

Dann durchschnitt ein Blitz die Wolke vor ihnen und Lovisa traute sich nicht mehr rauszuschauen. Sie machte die Augen zu und betete für Ritas, Rajtans und ihr Leben.

Endlich bekam Rita wieder Kontakt mit dem Kontrollturm: neue Höhe viertausend Fuß. Sie checkte den Temperaturmesser, der ständig auf dem Weg in Richtung Null war. Noch eine Minute und sie hätten die angeordnete Höhe. Rita meinte zu hören, dass das Motorengeräusch langsam wieder normal klang. Als sie auf viertausend Fuß geradeaus fliegen konnte, zeigte das Thermometer plus drei Grad. Die Windschutzscheibe wurde plötzlich von Wassertropfen und Eisbrei bedeckt, als das Eis auf dem Propeller sich löste.

Lovisa machte die Augen wieder auf. Das Erste, was sie sah, war, dass das Eis am Flügel weg war. Die

Maschine hüpfte nicht mehr ganz so schlimm, auch wenn sie sich immer noch in den Wolken befanden. Sie bückte sich und holte den zitternden Dackel auf ihren Schoß zurück.

Unsäglich erleichtert entspannte Rita sich langsam wieder. Sie schaltete den Autopiloten ein und konnte etwas ruhiger atmen, während ihre Piper Arrow sich den Weg zum nächsten Kontrollturm suchte.

Lovisa und Rita tauschten einen Blick aus, aber keine von ihnen sagte etwas. Es war irgendwie völlig überflüssig. Rita suchte nach Lovisas kalter Hand und drückte sie.

Es tat ihr Leid, dass sie Lovisa in so eine Situation gebracht hat, aber es gab nichts, was sie dagegen tun konnte.

„Lovisa! Schau mal her!"

Es war wie ein Wunder. Die Schlechtwetterfront, die sie so lange in ihrer Gewalt gehabt hatte, löste sich auf und vor ihnen öffnete sich die Welt aufs Neue. Sie konnten meilenweit um sich herum schauen. Die Sonne schien wieder freundlich auf sie herab, als ob nichts passiert wäre. Ein paar übrig gebliebene Tropfen auf der Windschutzscheibe waren alles, was sie noch an das Abenteuer erinnerte.

„Da drüben siehst du Gävle und das große Wasser rechts davon ist das Bottnische Meer. Schön, nicht wahr?

Lovisa nickte, umarmte Rajtan und spürte, wie sich ihre Erstarrung langsam löste. Ihr ganzer Körper schmerzte nach den schrecklichen Augenblicken in der

Schlechtwetterfront, aber sie war noch am Leben. Und bald würde sie Jonas' Arme um sich spüren.

„Tower an Siegfried, Emil, Friedrich, Caesar, Gustav, bitte kommen. Können wir Landeanweisungen bekommen?"

3

Jonas hörte das Motorengeräusch der Maschine, lange bevor er sie sehen konnte, und ihm stiegen vor Erleichterung die Tränen in die Augen. Die zwei Frauen, die er außer seiner Mutter am liebsten hatte, kamen direkt aus der Luft auf ihn zugeflogen! Jonas wartete ungeduldig auf einem Holzhaufen vor einer der Absperrungen. Noch näher zu kommen war ihm nicht gelungen. Ein Mann vom Bodenpersonal hatte ihn angehalten, als er auf das Flugfeld laufen wollte. Hier auf dem Flugplatz von Rörberg kannten sie Jonas und seine Flugbegeisterung nicht, sodass er wie jeder andere behandelt wurde.

Endlich wurde die Silhouette einer Piper Arrow am Horizont sichtbar, die mit jeder Sekunde an Größe zunahm. Jonas schnellte hoch und sprang vor lauter Freude auf und ab. Die Maschine kam in einem leichten Bogen heran, sank weiter und setzte so glatt auf, dass man es in der Maschine kaum spüren konnte. Als Rita den Motor in den Leerlauf schaltete, wollte Jonas schon losrennen, als ihn eine Hand auf seiner Schulter zurückhielt.

„Du musst dich noch ein bisschen gedulden“, sagte ein Mann in einem blauen Overall. „Sie schwenken bald hier ein.“

Nach wenigen Augenblicken, die Jonas wie eine Ewigkeit vorkamen, stoppte Rita die Maschine ungefähr fünfzig Meter vor ihm und Jonas konnte ihre Gesichter im Cockpit schemenhaft erkennen.

Die Erste, die auf der Tragfläche erschien, war Lovisa. Als sie die Hand hob und ihm zuwinkte, lief Jonas wie ein Wilder zum Flugzeug. Er kannte sich selbst nicht wieder. Normalerweise war er doch schüchtern! Keuchend erreichte er die Maschine. Einen Augenblick lang sahen sie sich an, dann fiel ihm Lovisa buchstäblich von der Tragfläche herab in die Arme.

„Oh, Jonas, wenn du wüsstest, was wir erlebt haben!"

Lovisa roch herrlich und er bohrte die Nase in ihr weiches Haar. Er wollte sie nicht mehr loslassen. Nie mehr!

„Ja, es war nicht gerade so sicher wie in Abrahams Schoß", hörte er Ritas Stimme hinter sich.

Ein fröhliches Bellen erklang und Jonas schaute hoch. Rajtan war hinter Rita auf der Tragfläche erschienen. Oh nein, dachte er. Ist der Köter auch dabei! Zum Glück konnte aber Lovisa sein enttäuschtes Gesicht nicht sehen, denn jetzt wollte Rita auch umarmt werden.

„Schau mal einer an, was ein bisschen Liebe alles schafft! Jetzt umarmst du ja schon wie ein ganzer Kerl!", lachte Rita und Jonas wurde rot.

Lovisa hob den Dackel auf den Boden runter.

„Hier bin ich! Komm mal schön grüßen!", rief Jonas und ging in die Hocke, um sich bei dem Hund einzuschmeicheln. Aber Rajtan schien durch ihn hindurchzusehen. Sie wedelte zwar mit dem Schwanz, drehte sich dann aber wieder zu Lovisa um.

„Sie ist noch ein bisschen gestresst vom Flug", erklärte Rita. „Wir kamen voll in einen Schneeregen und die Tragflächen vereisten."

„Ja, ich habe es gehört", sagte Jonas.

„So?", sagte Rita und drehte sich zu ihrem Neffen. „Du hast wohl den Tower nach uns angebohrt!"

„Logo. Wir waren ja schon um zwölf Uhr hier."

„Es hat echt keinen Spaß gemacht, das kann ich euch sagen. Das war wie gegen den eigenen Willen Achterbahn fahren. Stimmt's, Lovisa?"

Lovisa nickte und der Wind blies ihr das lange Haar ins Gesicht. Sie schob es vergeblich immer wieder hinters Ohr. Jonas wollte ihr dabei helfen und sie gleichzeitig küssen, aber er traute sich nicht.

„Papa wartet da drüben in der Halle", sagte er. „Kommt, gehen wir!"

Jonas nahm Lovisas Rucksack und reichte ihr die Hand. Sie zögerte eine Sekunde, lächelte aber dann entschuldigend und ließ ihre Hand in seiner verschwinden.

„Ich komme gleich nach", sagte Rita. „Ich muss zuerst noch kurz mit dem Bodenpersonal sprechen."

Jonas und Lovisa waren schon in einer anderen Welt. Jonas' Herz machte kleine Hüpfer und er hatte Schmetterlinge im Bauch. Er sah sich um und wünschte sich, Lovisa mit irgendetwas beeindrucken zu können – etwa über den Zaun springen oder einen Handstand machen. Aber ein plattes Flugfeld im November lud kaum zu solchen Übungen ein. Stattdessen drückte er ihre Hand und bekam als Belohnung einen liebevollen Blick.

Lovisa ihrerseits machte sich darüber Gedanken, wie Jonas' Familie sie wohl aufnehmen würde. Was hielten seine Eltern davon, dass sie einfach hierher kam und sie besuchte? Und warum war Jonas so aufgedreht und komisch? Es sah ihm gar nicht ähnlich. Oder war er in Wirklichkeit so?

„Halt!", rief Lovisa. „Wo ist Rajtan?"

„Fängst du jetzt schon an nach diesem Hund da zu brüllen?", beschwerte sich Jonas und ließ ihre Hand frei.

„Dieser Hund da ist mein bester Freund", sagte Lovisa und ihre Augenfarbe wechselte ins Dunkelgrün.

„Ich zähle also gar nicht!"

„Jonas! Bist du echt auf einen Hund eifersüchtig?"

Er stierte mürrisch auf den Boden, während er wegen des böigen, kalten Novemberwinds die Jacke fester zuzog. Jetzt hieß es sich zusammenreißen, wenn es nicht Zoff geben sollte, noch bevor sie seine Familie getroffen hatte.

„Ich denke, dass Rita sich um den Hund kümmert", sagte Jonas und schluckte seinen Ärger runter. Er begegnete Lovisas Blick ohne zu blinzeln. Das letzte Stück zum Terminal liefen sie schweigend, bis Thomas ihnen mit langen Schritten und einem Lächeln entgegenkam.

„Das ist also Lovisa, von der ich schon so viel gehört habe", sagte er freundlich und streckte ihr die Hand hin. „Herzlich willkommen bei uns!"

Merkt er denn eigentlich gar nicht, wie daneben er ist, dachte Jonas. Was heißt hier, „schon so viel gehört"? Jetzt meint sie bombensicher, dass ich der ganzen Mischpoke von ihr erzählt habe.

Aber Lovisa sah ihn freundlich an und sein Gesicht leuchtete wieder auf. Er sehnte sich danach mit ihr in seinem frisch aufgeräumten Zimmer alleine zu sein.

Thomas stellte Fragen und Lovisa beantwortete sie so gut sie konnte. Sie konnte nicht gut mit Erwachsenen reden. Sie fühlte sich schrecklich unsicher, fand aber trotzdem Jonas' Vater okay. Zum Glück wurde sie schon im nächsten Augenblick von seiner Aufmerksamkeit befreit. Die Tür ging auf und Rita kam mit dem Dackel auf dem einen Arm und einer Tasche in der anderen Hand herein. Thomas drehte sich um und die beiden Geschwister standen sich zum ersten Mal leibhaftig gegenüber. Rita ließ die Tasche fallen, übergab den Hund Lovisa und ging mit offenen Armen auf ihren Halbbruder zu. Sie umarmten sich so lange, dass Jonas schon ungeduldig wurde und Lovisa anfing, Rajtans Fell zu untersuchen.

„Du bist aber groß!", rief Rita aus und prüfte ihren Bruder von oben bis unten. „Das konnte man auf dem Photo nicht sehen."

„Und du bist ein richtiger Flachsbüschel!", lachte Thomas und wirkte fröhlicher, als Jonas ihn seit langem gesehen hatte. „Du siehst gar nicht so wild aus, wie dein Ruf ist."

Sich unterhaltend gingen sie Arm in Arm auf den Ausgang und den Parkplatz zu. Jonas seufzte. Denn er durfte sowohl die Tasche wie auch den Rucksack schleppen, während Lovisa den aufgeblasenen Hund im Arm trug. Auf dem Rücksitz des Autos ging es ihm endlich etwas besser. Auch wenn der Hund ihn wachsam im Auge behielt, konnte er den Arm um Lovisa legen, ohne dass der Dackel protestierte. Jonas und Lovisa sahen sich neugierig und verlegen an, während das Auto zu dem 08/15 Reihenhaus der Familie fuhr.

Am Abend ging es bei Jonas' Familie festlich zu: Kerzen, Wein, Cola und Lammbraten mit Kartoffelauflauf. Anja und Thomas hatten an nichts gespart und alle hatten sich vergnügt um den runden Esstisch versammelt. Nur Jonas' jüngere Schwester Lisa erschien nicht rechtzeitig zu Hause, so dass sie schließlich ohne sie anfingen. Als sie gerade dabei waren ein zweites Mal nachzugreifen, ging die Tür im Flur auf und eine unverkennbar nach Pferdestall riechende Lisa kam herein.

„Du bist aber spät dran", rief ihr ihre Mutter zu. „Wir wollten doch um sechs essen."

„Ich musste für Jenny ausmisten. Sie hatte keine Fahrgelegenheit, weil das Auto ihrer Eltern gestohlen worden ist", sagte Lisa und sah dabei gleichzeitig Lovisa neugierig an.

Er hat wenigstens eine hübsche Tussie gefunden, dachte sie. Fragt sich nur, ob man mit ihr auch nett quatschen kann. Wirkt irgendwie recht eingebildet.

„Was sagst du da? Etwa ihr funkelnagelneuer Wagen?", fragte Thomas bestürzt. „Wann war das denn?"

„Gestern Abend. Das Auto stand in der Garageneinfahrt", sagte Lisa, ohne die Augen von Lovisa zu nehmen.

„Jonas! Du hast doch das Auto in die Garage gestellt?"

„Ja, logo, Papa. Ist schon geregelt."

„Man ist nirgendwo mehr sicher", sagte Anja und prostete mit ihrem Glas Rita zu, die das Gleiche tat.

„Hallo, Lisa!", sagte Rita dann. „Komm und setz dich neben deine wilde Tante!"

„Erst läufst du aber nach oben und ziehst dich um!", bestimmte Thomas.

Lisa machte kehrt und verschwand ohne ein Wort die Treppe hinauf.

„Lisa steht total auf Pferde!", flüsterte Jonas Lovisa ins Ohr.

Lovisa nickte und erriet, dass Lisa ungefähr genauso alt wie ihre Schwester Ingela sein müsste. Dreizehnjährige haben so eine ähnliche Art …

Etwas später waren alle im Wohnzimmer versammelt. Jonas und Lovisa saßen eng nebeneinander auf dem Sofa, Lisa hatte sich auf dem Boden ausgebreitet, Rajtans Kopf auf dem Schoß. Rita spielte mit ihrem Kaffeebecher, nachdem sie von ihrem dramatischen Abenteuer in der Schlechtwetterfront erzählt hatte. Lovisa unterdrückte ein Gähnen, woraufhin sich Jonas' Mutter zu ihr über den Tisch lehnte.

„Bist du müde, Lovisa? Ich habe dir bei Lisa im Zimmer das Bett gemacht. Du kannst dort schlafen, aber nur, wenn du einen gewissen Pferdegestank ertragen kannst …", fügte sie schmunzelnd hinzu.

Jonas starrte seine Mutter erstaunt an. Sollte Lovisa nicht in seinem Zimmer schlafen dürfen? Wo er doch wie ein Hirnamputierter aufgeräumt hatte! Mannomann, waren die Erwachsenen stressig. Für was für Kindsköpfe hielten sie denn eigentlich Lovisa und ihn? Aber ein Blick zu seinem Vater genügte. Jonas sah ein, dass Proteste die Sache nur noch schlimmer machen würden. Das hatten sie im Voraus ausgeheckt, ohne mit ihm darüber zu reden. Er schluckte seine Enttäuschung runter, seufzte aber hörbar.

Lovisa sagte natürlich nichts dazu. Sie nickte nur und sagte, dass es total okay sei. Jonas wurde klar, dass er etwas unternehmen müsste, wenn er seine Freundin überhaupt einmal ungestört berühren wollte.

„Komm! Wir gehen kurz auf mein Zimmer“, sagte er und zog Lovisa vom Sofa hoch.

Thomas entschuldigte sich auch um Jennys Eltern wegen des Autodiebstahls anzurufen.

Jonas und Lovisa stürmten die Treppe hoch, ohne sich dabei loszulassen.

„Endlich allein!“, keuchte Jonas und machte die Tür hinter ihnen zu.

Lovisa kicherte und schmiegte sich an ihn. Sieben Stunden nach der Landung konnten sie sich endlich richtig küssen.

„Sie lassen uns getrennt schlafen“, murmelte er nah an ihrem Mund.

Ihr langes Haar wallte über sein Gesicht und kitzelte angenehm die Haut.

„Aber Jonas, das ist doch klar! Wir sind doch erst fünfzehn. Es wäre doch schlimmer, wenn sie sich gar keine Gedanken über uns machen würden.“

„Vielleicht“, sagte er und zog sie mit sich zum Bett.

In dem Augenblick klingelte das Telefon. Jonas winkte abwehrend mit der Hand. Sollte doch Lisa abnehmen! Gleich darauf klopfte es an der Tür.

„Jonas! Linn ist am Apparat!“

Irrte er sich oder klang das Schwestermonster nicht schadenfroh? Jonas stöhnte und nahm den Hörer am Nachttisch. Lovisa sank auf die Bettkante und sah sich neugierig in seinem Zimmer um.

„Nein, heute Abend geht es nicht, Linn. Ich habe Besuch. Nein. Wir hören dann voneinander. Tschüss!"

Als er den Hörer endlich auflegte, hatte Jonas' Gesicht einen roten Farbton angenommen. Typisch, dass Linn gerade heute anrufen musste!

Fünf Minuten und zwei Küsse später war es wieder so weit.

„Es ist Tina", sagte Lisa laut und deutlich. „Es ist wichtig."

Jonas warf sich auf den Hörer, als sei es ein Feind.

„Jaa? Nein. Ich kann jetzt nicht reden, Tina. Wir müssen uns ein anderes Mal sprechen. Nein, ich weiß nicht, was ich in den Ferien machen werde."

Er warf den Hörer auf die Gabel.

„Du weißt nicht, was du in den Ferien machen willst?", fragte Lovisa mit vorgetäuschtem Erstaunen. „Und ich hatte gedacht, du würdest sie mit mir verbringen?"

Bevor Jonas antworten konnte, klingelte es wieder. Diesmal raste er in den Flur und schrie Lisa an, dass er nicht zu Hause sei. Als er wieder ins Zimmer kam, saß Lovisa da und sah sauer aus.

„Das sind ja jede Menge Mädchen, die für dich anrufen."

„Es sind nur meine Kumpels."

„Die dich an einem Samstagabend anrufen?"

„Ja. Was ist denn daran so komisch?“

„Nichts! Aber du hättest ihnen doch erzählen können, dass ich komme.“

„Ja, schon. Aber ich hab es eben nicht getan.“

„Gute Nacht, Jonas. Ich gehe jetzt ins Bett.“

Er wollte Lovisa zurückhalten, brachte aber kein Wort über die Lippen. Als die Tür hinter ihr zugegangen war, schlug er fluchend mit der Faust auf den Nachttisch, so dass der Radiowecker hochflog und mit einem Knall auf dem Boden landete.

4

Das Sonntagsfrühstück der Familie zog sich in die Länge. Alle hatten um den runden Tisch in der Küche Platz genommen, nur Lisa fehlte. Sie war schon gegen sieben Uhr zum Reitstall gefahren. Der Duft von Toast und Kaffee erfüllte den Raum und Rita und Thomas schienen sich Unmengen zu erzählen zu haben. Anja saß zwischen Lovisa und Jonas. Sie versuchte sich mit Lovisa zu unterhalten, was aber nur schleppend ging. Nur einmal während des Gesprächs konnte sie den Blick des Mädchens einfangen.

Jonas schmierte Honig auf sein Brot und fragte sich, ob Lovisa immer noch sauer war. Das war schwer zu entscheiden, denn jetzt hatte sie wieder ihr Pokergesicht aufgesetzt. Lovisa besaß die gut trainierte Fähigkeit nicht mit einer Miene zu verraten, was sie fühlte. Eine Fähigkeit, die sie mehrmals vor ihrem Stiefvater gerettet hatte. Jonas seufzte still vor sich hin. Er konnte doch nichts dafür, dass seine Freundinnen dauernd anriefen.

„Und was habt ihr heute vor?“, fragte Rita und wandte sich an ihren Neffen.

„Weiß nicht. Das kommt darauf an, was Lovisa machen will. Ein Video ausleihen und vielleicht eine ruhige Kugel schieben.“

Jonas suchte Lovisas Blick, aber sie sah stur auf ihren Teller.

„Zuerst müsst ihr euch aber etwas bewegen und frische Luft schnappen", sagte Anja. „Lovisa ist doch nicht hierher gekommen, um im Haus herumzuhocken."

„Mir ist alles recht", sagte Lovisa.

„Morgen fange ich jedenfalls mit meinen Flugschülern an", sagte Rita. „Ich nehme an, dass Jonas mal mitkommen will?"

„Klaro", sagte Jonas und fügte hinzu: „Natürlich nur, wenn es für dich okay ist, Lovisa."

„Ja, klar. Ich habe sowieso Lisa versprochen, mal mit in den Stall zu kommen."

Das Telefon ließ sie alle zusammenfahren. Es war für Jonas. Er stand auf, ohne Lovisa anzusehen, und nahm das Gespräch im Flur entgegen. Es war sein Cross-Kumpel Frederik, der ihn zu einem Trainingsrennen mitnehmen wollte. Jonas sagte, wie es war, nämlich dass er leider die ganzen Ferien beschäftigt sei. Frederik klang enttäuscht, schien es ihm aber nicht übel zu nehmen.

Jonas kam nicht dazu sich hinzusetzen, da klingelte das Telefon schon wieder.

„So geht es die ganze Zeit", sagte Thomas. „Neun Anrufe von zehn sind für Jonas. Es hat für uns keinen Sinn mehr abzuheben."

„Das ist doch schön, dass er ein soziales Leben führt", sagte Rita und schielte zu Lovisa.

Nach einem dritten Anruf kehrte Jonas mit bestimmten Schritten zu seinem Platz am Tisch zurück.

„Wisst ihr was? Ich bin schon eine Ewigkeit nicht bei Oma gewesen", sagte er und sah seinen Vater an.

„Komisch, dass dir das gerade jetzt einfällt", sagte Thomas schmunzelnd.

„Hast du Lust zu meiner Oma mitzukommen, Lovisa?", fragte Jonas, ohne sich um seinen Vater zu kümmern.

„Sie wohnt außerhalb der Stadt in einem alten Holzhaus, total irre. Und sie ist echt cool."

Die Erwachsenen lachten spontan über seine Ausdrucksweise und sogar Lovisa verzog den Mund. Sie schien den Vorschlag zu mögen und Jonas raste in sein Zimmer um seine Oma anzurufen. Alles, Hauptsache sie kamen von diesem verdammten Telefon hier weg und durften endlich mal allein sein, dachte er, während er die Nummer wählte.

Das Moped tuckerte mit seiner schweren Last mühsam den Hang hinauf. Jonas spürte Lovisas Arme um seine Taille und der Fahrtwind kniff ihm in die Ohrläppchen. Klar, dass sie den Helm bekommen hat, aber er bereute es, keine Mütze aufgesetzt zu haben. Der Himmel hing grau und schwer über der Landschaft. Ein Flieger hätte sofort den Verdacht geschöpft, dass Schnee im Anzug war, aber Jonas hatte diese Anzeichen noch nicht erkennen gelernt. Sie hatten gerade den 12-Uhr-Bus verpasst und Jonas wollte auf keinen Fall zwei weitere Stunden auf den Nächsten warten. Er wagte es gar nicht sich auszumalen, wie viele seiner Freunde in der Zeit noch hätten anrufen können.

Lovisa lehnte sich an seinen Rücken und versuchte ihr Gesicht gegen die Kälte zu schützen. Sie fand es ebenfalls schön wegzukommen. Die Erwachsenen stellten die ganze Zeit Fragen und Jonas hing meistens am Telefon. Hatte er wirklich so viele Freundinnen? Sie musste mit ihm darüber reden. Falls es überhaupt nur Freundinnen waren und nicht etwas anderes, woran sie lieber nicht denken wollte.

Hinter ihnen wirbelte haufenweise verwelktes Laub auf. Einzelne Häuser säumten die Landstraße. Jonas sah von weitem die Autolichter und das Blaulicht. Sofort machte er eine Vollbremsung.

„Schnell, Lovisa! Die Bullen kommen!"

Sie sprangen ab und er schleuderte das Moped in den Straßengraben. Er zog Lovisa mit sich ins Gras und in den Lehm. Eine dornige Pflanze blieb in ihrem Haar hängen. Sie fingerte danach und hatte eine stachelige Klette in der Hand.

„Was ist los? Was haben wir getan?", fragte sie flüsternd.

„Man darf niemand hinten auf dem Moped mitnehmen. Außerdem habe ich keinen Helm auf. Mein Vater erschlägt mich, wenn ich geschnappt werde."

Lovisa sah ihn an.

„Du weißt gar nicht, wovon du redest, Jonas. Dein Vater gehört doch nicht zu denen, die jemanden erschlagen."

Er legte den Finger auf seine Lippen, als das Polizeiauto vorbeifuhr. Erleichtert hörte er, wie es mit unverminderter Geschwindigkeit die Straße entlang weiterfuhr. Dann fielen ihm ihre Worte ein.

„Sorry, Lovisa. Es ist mir nur so rausgerutscht."

Er streckte sich nach ihr und sie umarmten sich im Straßengraben – mit Kletten, Helm und allem. Jonas wäre gern noch eine Weile liegen geblieben, aber er spürte, wie Lovisa fror.

Also kletterten sie wieder aufs Moped und bald darauf zeigte Jonas auf ein großes gelbes Holzhaus an der linken Straßenseite. Das Haus war von einer alten Steinmauer umgeben und dahinter lag ein großer Garten.

„Das ist vielleicht eine Datscha!", sagte Lovisa, als Jonas den Motor des Mopeds abgestellt hatte. Sie sah zu dem stattlichen Haus mit dem alten Dach im Zuckerbäckerstil.

„Wohnt deine Oma wirklich allein da?"

„Ja. Meinem Vater ist es gar nicht recht, aber Oma gehört zur sturen Sorte. Sie gibt nicht so leicht auf. Die zwei sind gleich stur."

„Hat sie denn keine Angst? Das muss ja hier im Winter total einsam sein. Und Pechschwarz noch dazu."

„Warte nur, bis du sie kennen gelernt hast!", meinte Jonas.

Zwei gewaltige Eschen standen an jeder Seite des Tors und streckten ihre kahlen, knorrigen Äste empor. Eine gestreifte Katze saß auf der Treppe, die aber sofort das Weite suchte, als die beiden sich der Tür näherten. Jonas klingelte mit dem üblichen Signal: zwei Mal kurz, ein Mal lang. Es dauerte eine Weile, bis sie hörten, wie sich jemand da drinnen bewegte.

Nein, Tante Ruth gehörte nicht gerade zur schreckhaften Sorte. Das war Lovisa ziemlich bald klar. Sie war viel kleiner, als Lovisa es sich vorgestellt hatte und sah mit ihrem silbergrauen Haar und einem auf Figur geschneiderten, dunkelblauen Wollkleid mädchenhaft aus. Über dem Kleid trug sie eine lange, gestreifte Schürze.

„Oh, das ist aber schön, dass ihr da seid!", rief sie und schlug vor Freude die Hände zusammen. „Kommt rein! Kommt rein!"

Bevor sie sich versehen hatten, begrüßte sie Lovisa herzlich mit einem Handschlag und zog sie ins Haus. Sie war über Lovisas kalte Hände und die blau gefrorenen Backen entsetzt.

„Meine Güte, ihr seid ja ganz kalt! Ich werde sofort einen heißen Tee machen. Ihr seid ja nicht bei Trost, dass ihr bei dieser Jahreszeit so dünn angezogen herumlauft!", sagte sie und verschwand in der Küche.

Jonas verdrehte die Augen und Lovisa verzog ihren Mund zu ihrem schiefen Lächeln. Eigentlich war sie ja sauer auf ihn, aber das konnte bis später warten. Jetzt zog er sie mit, um ihr das Haus mit seinen vielen kleinen und großen Zimmern zu zeigen.

„Als Oma jung war, hatte die Familie noch Hausangestellte. Hier gibt es also noch ehemalige Dienstbotenzimmer.

„Hat sie ihr ganzes Leben hier gewohnt?"

„Ja, bis auf ein paar Jahre, als sie und Opa frisch verheiratet waren. Ihre Eltern starben jung."

Alle Zimmer waren mehr als voll möbliert. Lovisa hatte noch nie so viele alte Sachen an einem Ort gesehen. Aber das Haus machte dadurch einen warmen, gemütlichen Eindruck.

„Wenn du wüsstest, wie Lisa und ich hier Versteck gespielt haben, als wir klein waren“, sagte Jonas auf der Treppe zum zweiten Stock.

„Habt ihr euch jemals wieder gefunden?“, fragte Lovisa und ihr fiel auf, wie gespenstisch ihre Schritte knarrten.

„Manchmal. Hier ist mein Schlafzimmer.“

Die Zimmer im Obergeschoss waren kleiner und nicht ganz so mit Möbeln voll gestellt. Die Fenster waren hoch und gaben dem Zimmer ein schönes Licht. Jonas' Schlafzimmer war das kleinste Zimmer und das Fenster ging auf den Garten hinaus. Auf dem Bett lag ein kleiner Teddybär, den Lovisa von Jonas' Zimmer bei Rita kannte. Sein Maskottchen ist also hierher gezogen, dachte sie. Die Großmutter rief sie von unten und sie liefen wie zwei Kleinkinder die Treppe um die Wette hinunter. Die Küche war warm und einladend und an der Decke hingen in langen Reihen getrocknete Kräuter und Blumen. Es herrschte ein ziemliches Durcheinander, aber auf eine gemütliche Art, fand Lovisa und verglich es mit dem ständigen Chaos in der Wohnung ihrer Mutter.

Der Tisch war mit Kerzen und geblümten Teetassen, groß wie Suppentassen, gedeckt. Tante Ruth hatte flaches Teegebäck gebacken, auf dem die Butter zerlief, und ihre selbst gemachte Johannisbeermarmelade hingestellt. Jonas fing an seine Idee hervorragend zu finden. Seine Oma war schon klasse, wenn sie bloß nicht immer mit ihm über seine Zukunft sprechen würde. Sie hatte sich in den Kopf gesetzt, dass er Arzt oder Ingenieur werden sollte, und verpasste keine Gelegenheit ihn daran zu erinnern. Aber er würde es ihr eines Tages schon noch zeigen!

Und wenn er erst mal Pilot wäre, würde seine Oma damit wohl auch zufrieden sein.

„Das ist also deine kleine Braut, Jonas?“, fragte Ruth und sah Lovisa dabei freundlich an, der gerade einfiel, dass sie noch die Klette im Haar hatte.

„Nicht gerade Braut, aber Freundin schon“, sagte Jonas und hörte selbst, wie albern es klang. „Wir haben uns bei Tante Rita kennen gelernt.“

„Ach ja. Auf sie bin ich ja sehr gespannt.“

Jonas betrachtete das Gesicht seiner Oma sehr genau, aber er konnte nichts Besonderes entdecken. Auch wenn Rita nichts dafür konnte, war sie ja immerhin das Resultat von Opas Untreue!

Jonas entdeckte, wie Lovisa die Finger durchs Haar zog, um die beharrliche Klette zu entfernen.

„Lass es sein, das mache ich später“, flüsterte er und blinzelte ihr zu. „Oma sieht sie sowieso nicht.“

Die Kerzen flackerten auf dem Tisch und Ruth redete viel und war sehr aufgeräumt. Offensichtlich war sie sehr glücklich über ihren Besuch. Sie gestikulierte lebhaft und bekam rote Flecken im Gesicht. Und wenn sie manchmal keine Antwort bekam, beantwortete sie zu Lovisas großer Freude die Fragen selbst. Was für eine irre Oma, dachte sie. Jonas ist ein Glückspilz! Sie selbst wusste nicht einmal, ob ihre Oma überhaupt noch am Leben war. Lovisa musste lächeln, als sie in Ruths Erzählweise Jonas’ eifrige Art wieder erkannte. Sie waren sich wirklich recht ähnlich, die zwei. Jonas hatte gerade sein drittes, heißes Stück aus der Gebäckschale genommen, als sie aus dem Flur ein paar laute Geräusche vernahmen.

„Was war denn das?“, fragte er und legte das Gebäck auf den Teller.

Alle drei lauschten gespannt: Erst Stille und dann wieder das knackende Geräusch. Jemand oder etwas bewegte sich da draußen.

„Das ist vielleicht eine Ratte“, sagte Ruth. „Die kommen manchmal um diese Jahreszeit.“

„In dem Fall muss es aber eine sehr große Ratte sein“, sagte Jonas.

Lovisa sehnte sich plötzlich nach Rajtan. Wenn der Hund bei ihr war, hatte sie nie Angst. Sie warf einen Blick zum Fenster. Draußen fing es an zu dämmern und der Wind ließ einen Ast gegen die Scheibe schlagen. Sie schauderte unfreiwillig und hatte das gruselige Gefühl, dass sie nicht mehr allein im Haus waren.

5

Jonas verließ seinen Platz am Tisch um im Flur nachzusehen. Das knackende Geräusch wiederholte sich in regelmäßigen Abständen.

„Da ist jemand an der Haustür“, rief er den beiden in der Küche zu.

Seine Großmutter stand ohne zu zögern auf und ging mit raschen Schritten zur Tür.

„Hallo? Wer ist da?“, rief sie.

Keine Antwort; nur der heulende Wind draußen in den kahlen Bäumen. Das knackende Geräusch war nicht mehr zu hören. Jonas hatte plötzlich eine Idee und trat zu seiner Grußmutter.

„Ja, wer ist da?“, wiederholte er mit so einer tiefen Bassstimme, wie er nur konnte, da er ja noch nicht in den Stimmbruch gekommen war.

Wer sich auch immer da draußen aufhielt sollte jedenfalls wissen, dass seine Oma nicht allein zu Hause war. Jonas war sich nicht sicher, meinte aber auf der Haustreppe Schritte gehört zu haben. Er lief schnell die Treppe hoch, um von oben einen Blick durch das Fenster nach draußen zu werfen. Aber der Aufgang war öde und leer, nur ein paar einsame Blätter wirbelten auf der Treppe herum.

„Das ist aber sehr seltsam“, sagte Ruth. „Ich hätte schwören können, dass ich jemanden gehört habe. Vielleicht war es ein Vertreter, der es sich dann anders überlegt hat?"

„Und warum hat er nicht geklingelt?", fragte Jonas und schüttelte zweifelnd den Kopf.

„Ach, was soll's", sagte Ruth, „es war bestimmt nur pure Einbildung. Man hört viel, wenn es draußen so stürmisch ist."

Lovisa aber, die ans Fenster in der Kammer getreten war, sah gerade noch zwischen den Bäumen einen Schatten verschwinden. Gleich darauf hörte sie, wie ein Auto auf der Straße startete. Mit klopfendem Herzen kehrte sie an den Tisch zurück.

„Wir hätten den Hund mitnehmen sollen", sagte sie, als Jonas und Ruth wieder in die Küche kamen.

„Vielleicht. Aber was hätte Rajtan tun können, was ich nicht auch schaffe", sagte Jonas, der total froh war, dass der Dackel nicht dabei war.

„Schaut mal her! Es fängt an zu schneien."

Ruth deutete auf das Küchenfenster. Langsam fielen große Flocken vom Himmel, die sich sofort wieder auflösten, sobald sie den Boden berührten.

„Der Schnee bleibt bestimmt nicht liegen, aber wenn die Temperatur unter null sinkt, gibt es Probleme mit den Bussen", sagte Ruth hinter ihnen. „Wollt ihr nicht lieber über Nacht hier bleiben?"

„Ja gerne", rief Jonas, von der Idee begeistert. „Ich rufe sofort zu Hause an und sage Bescheid."

Dass sie mit dem Moped gekommen waren, behielt er lieber für sich. Jonas ging in das ehemalige Arbeitszimmer seines Großvaters – dicht gefolgt von Lovisa.

Als er gerade den Hörer abheben wollte, hielt sie ihn ohne ein Wort fest. Mit ihren grünen Augen blickte sie ihn ernst an. Endlich will sie mich küssen, dachte Jonas und zog Lovisa an sich. Aber zu seinem Erstaunen drehte sie den Kopf weg.

„Hör zu, Jonas! Als ihr im Flur wart, habe ich gesehen, wie jemand durch den Garten gerannt ist und gleich darauf habe ich ein Auto auf der Straße starten hören."

„Und das sagst du jetzt erst!"

„Ich wollte Tante Ruth nicht beunruhigen. Aber sollten wir nicht die Polizei anrufen?"

Draußen wurden die Schneeböen heftiger und schwere Flocken rutschten schmelzend die Fensterscheibe hinunter. Jonas starrte hinaus und überlegte, was jetzt am besten zu tun wäre.

„Ich werde Papa um Rat fragen. Du hast doch nichts dagegen hier zu bleiben, oder?"

„Eigentlich nicht. Aber ein bisschen unheimlich finde ich es schon. Was machen wir, wenn die Person wiederkommt?"

Jonas antwortete nicht, sondern rief stattdessen zu Hause an. Er erzählte seinem Vater, was passiert war, und sie kamen darin überein, die Sache erst noch einmal zu überschlafen.

„Gut, dass ihr bleibt, damit Oma nicht allein ist", sagte Thomas.

„Übrigens, Papa! Tu mir bitte noch einen Gefallen", bat Jonas. „Sag nicht, wo ich bin, falls jemand anruft."

„Okay, wie du willst. Wir hören morgen voneinander."

Nach dem Abendessen, machte Jonas' Großmutter Feuer im offenen Kamin im Wohnzimmer und holte ein paar alte Petroleumlampen heraus.

„An so einem Abend fällt meist der Strom aus", erklärte sie Lovisa. „Entweder werden die Leitungen unter dem schweren Schnee begraben oder sie werden durch einen umstürzenden Baum eingerissen."

Lovisa nickte. „So ist es auch zu Hause bei Rita in der Kapelle, wenn es draußen stürmt."

„Ich hoffe, ihr kommt ohne einen Fernseher zurecht", fuhr Jonas' Oma fort. „Er ist vor vierzehn Tagen kaputtgegangen und der Mann vom Kundendienst ist bis heute noch nicht hier gewesen, obwohl ich ihn jeden Tag darum gebeten habe."

„Wir brauchen doch keinen Fernseher, Lovisa? Oder?", fragte Jonas, ohne von ihr eine Antwort zu bekommen.

Ruth stellte eine große Schale Pralinen auf den Tisch und sie beschlossen, den Rest des Abends mit Kartenspielen zu verbringen. Lovisa setzte sich zu Jonas' Enttäuschung auf den Lehnstuhl. Sie geht mir aus dem Weg, dachte er zerknirscht. Ab und zu spähte er durchs Fenster und sah die Schneewehen unter der einzigen Laterne wachsen.

„Wir werden eingeschneit", sagte Jonas und grinste Lovisa an.

„Ich habe genug Essen für drei Tage", verkündete Ruth und gewann zum dritten Mal mit einem Ass.

Plötzlich klopfte jemand an die Fensterscheibe. Lovisa zuckte auf ihrem Stuhl zusammen. Aber als sie sich umdrehte, sah sie nur eine Katze auf der Fensterbank sitzen und mit den Pfoten gegen das Glas schlagen.

„Ich fragte mich gerade, wann er sich zurücktrauen würde", sagte Oma und stand auf. „Timo ist Fremden gegenüber äußerst reserviert. Jetzt ist er wohl durch und durch nass, der Arme."

Das Feuer knisterte fröhlich und die Kerzen und die Petroleumlampe auf dem Tisch warfen lange Schatten. Es hätte direkt gemütlich sein können, wenn nicht der Wind so um die Ecken geheult hätte und nicht die Erinnerung an die Person im Garten gewesen wäre. Lovisa sehnte sich erneut nach Rajtan. Der Hund würde nie einen Fremden ins Haus lassen. Ruth öffnete das Fenster und nahm den scheuen Kater in die Arme. Er war mit einer dünnen Schneeschicht bedeckt. Es sah aus, als ob jemand Puderzucker über ihn gestreut hätte. Er starrte Jonas und Lovisa misstrauisch an und brachte ein jämmerliches Miau heraus. Ruth verschwand mit ihm in die Küche.

„Jonas, warum hast du mit Linn und Tina, und wie sie nun alle heißen, etwas ausgemacht, obwohl du wusstest, dass ich komme?"

Lovisa sah ihn fragend an und warf mit der vertrauten Geste die Haare über die Schulter. Jonas stöhnte und wand sich auf dem Sofa hin und her. Er hatte gehofft, dass sie die Sache vergessen hätte.

„Ich habe nichts ausgemacht, Lovisa. Ehrenwort. Wir sind nur eine Clique, die am Wochenende immer Sachen zusammen macht: Ins Kino gehen, Videos ausleihen. Oder wir treffen uns bei jemandem zu Hause.

Das ist nichts Besonderes."

„Und ich habe geglaubt, dass du die ganze Zeit zu Hause sitzt und an mich denkst!"

Gegen ihren Willen fühlte sich Lovisa schwer enttäuscht.

Sie hat sich selten mit jemandem getroffen und hat am liebsten von Jonas geträumt. Sie hat nicht das Bedürfnis nach anderen gehabt. Sie wollte für Jonas alles sein und wollte ihn auch nicht mit zehn anderen teilen.

Es wurde still. Nur das Geräusch des heulenden Windes drang ins Zimmer. Das alte Haus knackte und knarrte im Sturm.

„Erinnerst du dich an den ersten Sommer, als wir uns getroffen haben?", fragte Jonas und sah, wie die Flammen im Kamin tanzten. „Ich habe dir erzählt, wie kaltgestellt ich mir in der sechsten Klasse vorkam und wie allein ich mich dauernd fühlte. Jetzt ist es umgekehrt. Ich gehe in eine Superklasse. Der Zusammenhalt ist total gut und niemand ist ausgeschlossen."

„Das freut mich für dich."

„Lovisa! Nur weil ich meinen Spaß habe, habe ich doch nicht aufgehört dich zu lieben!"

Er stand auf, zog sie vom Stuhl hoch und legte seine Arme um sie. In diesem Augenblick fiel der Strom aus und nur der schwache Schein der Petroleumlampe blieb übrig. Jemand räusperte sich deutlich hinter ihnen.

„Das war's", sagte Ruth. „Und jetzt legen wir uns am besten schlafen. Ich habe in Lisas Zimmer für Lovisa das Bett gerichtet."

„Sehr schön", sagte Jonas und ließ Lovisa frei.

Er fand sich ohne Proteste damit ab, denn er hatte seine eigenen Pläne. Leise flüsterte er ein paar Worte in Lovisas Ohr und sie antwortete ihm mit ihrem schiefen Lächeln.

Kurz darauf, als im Haus alles still war, schlich er sich zu Lovisas Zimmer. Der Strom war wieder da, aber er vermied es trotzdem, Licht zu machen. Dafür wäre er zwar fast über die Katze gestolpert, aber sonst ging alles gut. Nur Timo, der sich genauso erschreckt hatte wie er, zischte und verschwand die Treppe hinunter.

„Bist du wach?", flüsterte Jonas in die Dunkelheit hinein.

„Ich bin wach und habe Angst!", sagte Lovisa.

„Jetzt nicht mehr", sagte Jonas und kroch neben sie ins Bett.

Lovisa drückte sich an ihn und seufzte schwer.

„Immer noch sauer?", fragte er dicht an ihrem Ohr.

„Ein bisschen schon", gab sie zu.

„Kannst du es denn nicht kapieren, dass du mir mehr bedeutest als alle meine Kumpels zusammen!"

Jonas hielt ihren warmen Körper fest und hatte plötzlich das Verlangen zu weinen. Warum glaubte sie ihm nicht?

Als er fast schon aufgegeben hatte, spürte er zwei Arme um den Hals und ihre Lippen suchten seine. Das lange Küssen und Schmusen regte ihn so an, dass ihm vor lauter Beherrschung schon alles wehtat. Er knipste die kleine Lampe über dem Bett an, strich sich die Haare aus dem Gesicht und sah sie fragend an. Aber Lovisa schüttelte langsam den Kopf und trotz der Enttäuschung gab er sich damit zufrieden. Er wusste eigentlich schon, dass sie damit noch warten wollte. Aber sie hätte ja in den vergangenen drei Monaten auch ihre Meinung ändern können, dachte er.

Plötzlich sprang Jonas aus dem Bett und riss die Wolldecke am Fußende an sich. Er wickelte sich fest in sie ein, während Lovisa ihm erstaunt zuschaute.

„Sicherheitshalber", grinste er. „In gewissen Situationen sind Zwangsjacken notwendig."

Er kehrte zu seinem Platz an ihrer Seite zurück und schob den Arm unter ihren Kopf.

„Ich verspreche dir, dass du der Erste sein wirst", flüsterte sie, als er die Lampe ausgemacht hatte. Hoffentlich hält sie Wort, dachte Jonas und versank langsam in tiefen Träumen.

„Jonas ..."

„Was? Ist es schon Morgen?"

Er zuckte und richtete sich auf. Lovisa lachte ihn aus.

„Wie leicht du einschlafen kannst. Aber sag mal, hat deine Oma eigentlich viel Geld?"

„Ich glaube, sie hat einen Teil davon in ihrer Matratze versteckt", meinte Jonas scherzend. „Aber im Ernst: Ich weiß es nicht genau, aber das Haus ist voll gestopft mit Antiquitäten. Wertvoll sind bestimmt auch ein paar Kunstwerke. Was weiß ich? Ich habe Papa nur davon reden hören. Warum?"

„Ich denke an das, was heute Abend passiert ist. Es muss doch einen Grund dafür geben, dass man versucht in dieses Haus einzudringen. Diebe sind ja nicht bekloppt. Und Tante Ruth hat wohl kaum irgendwelche

PCs oder Disketten, an denen sie interessiert sein könnten."

„Wir wissen doch nicht, wer es war. Vielleicht war es wirklich nur ein Versicherungsvertretrer, der sich's anders überlegt hat", sagte Jonas beschwichtigend und gähnte breit.

Er zog seinen Arm an sich, der eingeschlafen war, und drehte sich zur Seite. Kurz darauf war er bereits wieder eingeschlafen und schnarchte leise vor sich hin.

Lovisa aber konnte nicht einschlafen. Sie lauschte all den Geräuschen des Schneesturms und hoffte inständig, dass das Wetter einen eventuellen Eindringling abschrecken würde. Im Gegensatz zu Jonas war sie sich sicher, dass jemand versucht hatte in das Haus einzubrechen.

6

Am nächsten Morgen hatte sich der Wind gelegt und die Landschaft ringsherum war von einem hell glitzernden Schneeteppich bedeckt.

Jonas wurde von den Sonnenstrahlen, die ihm direkt ins Gesicht schienen, geweckt. Er setzte sich mit einem Ruck auf und schaute auf die Uhr. Viertel vor neun. Bald würde seine Oma kommen um Lovisa zu wecken. Nicht gerade eine gelungene Position, die er da innehatte, wie ein Flieger sagen würde. Er warf einen liebevollen Blick auf Lovisa und schlich sich in den Flur, wobei ihm die Decke um die Beine flatterte. Er schaffte es gerade noch die Tür hinter sich zuzuziehen, als er schon Omas Schritte auf der Treppe hörte. Sicherheitshalber sprang er sofort ins Bett und zerknüllte es ordentlich, damit es benützt aussah. Als seine Großmutter an die Tür klopfte, zog er schnell noch die halb verrutschte Decke hoch.

„Guten Morgen, Jonas!"

„Hallo, Oma", sagte Jonas und bemühte sich verschlafen auszusehen.

„Ich habe in der Küche schon für das Frühstück gedeckt", sagte sie und ging ans Fenster. „Es hat ja heute Nacht ordentlich geschneit."

Als sie sich zu ihm umdrehte, fiel ihr Blick auf die Decke in Jonas Bett.

„Aber Jonas? Warum hast du denn die Decke aus Lisas Zimmer geholt? Du hast doch eine eigene im Schrank!"

„Ach, das hatte ich ganz vergessen. Ich habe so gefroren."

Seine Großmutter schenkte ihm einen misstrauischen Blick, verließ aber das Zimmer, ohne noch etwas zu dem Thema zu sagen.

Die Sonne hatte schon ihren höchsten Stand erreicht, als Jonas und Lovisa ihre Jacken anzogen, um einen Spaziergang zu machen. Lovisa ging als Letzte aus dem Haus und machte die Haustür zu.

„Jonas, warte mal!"

Lovisa zeigte auf die Tür. Um den Türgriff herum waren deutliche Spuren zu sehen: Jemand hatte mit einem spitzen Gegenstand versucht das Schloss aufzubrechen. Auf einer Seite war ein tiefes Loch im Holz.

„Sieh mal einer an!", sagte Jonas. „Ich habe gar nicht daran gedacht, die Tür abzuchecken. Oma muss jemanden kommen lassen, der die Tür wieder hinkriegt."

Er verschwand im Haus, um seiner Oma Bescheid zu sagen, während Lovisa dem Schmelzwasser lauschte, das von den Ästen der Bäume tropfte und große Löcher in die frische Schneedecke machte. Es war herrlich die gute Luft einzuatmen.

„Sie hat sich nicht besonders aufgeregt, aber sie hat versprochen den Schreiner kommen zu lassen", sagte Jonas, als sie endlich die Straße entlangliefen.

„Erstaunlich, dass sie nicht die geringste Angst hat“, sagte Lovisa und gab ihm ihre Hand.

„Oma ist es gewohnt, allein zurechtzukommen. Außerdem würde sie sich ohne weiteres mit einem Einbrecher auf eine Diskussion einlassen, ohne dabei an die Gefahr zu denken.“

Der Schneepflug, der schon seit den frühen Morgenstunden unterwegs war, hatte Mengen von Schnee an den Straßenseiten aufgehäuft. Die Füße der beiden machten deutliche Abdrücke in dem schweren Neuschnee. Keiner von ihnen hatte vernünftige Schuhe an, aber ein langer Spaziergang würde es auch wohl kaum werden. Aber so, noch bevor der Schnee in Matsch überging, war es rundherum berauschend schön. Der Schnee funkelte in der Sonne und verlieh der sonst so graubraunen Landschaft eine besondere Schönheit.

Sie gingen eng umschlungen den Weg entlang. Jonas jubelte im Geheimen. Aber warum war es so schwer, die Liebe mit dem Alltag zu verbinden? Es hatte doch keinen Sinn sich total zu isolieren, damit es funktionierte. Jonas hatte schon vorgehabt Lovisa seinen Freunden vorzustellen. Aber im Augenblick kam ihm die Idee nicht besonders gut vor. Vielleicht könnten sie ja Ende der Woche in die Disco gehen?

Lovisa war auch zufrieden Jonas endlich für sich zu haben. Sie gehörte nicht zu denen, die sich in größeren Gesellschaften hervortun. In einer Gruppe fühlte sie sich oft unscheinbar und uninteressant. Sie wusste nicht, wie man sich benahm, um aufzufallen. Sie seufzte leise.

Das Beste wäre es wohl, wenn sie ihren Stil änderte. Aber wie?

„Was ist los?“, wollte Jonas wissen und blieb jäh stehen.

„Nichts“, sagte Lovisa und sie küssten sich unter einer tropfenden Birke.

Nach einiger Zeit zog sich Lovisa fröstelnd ihre dünne Jacke fester zu. Dann lachte sie ihn plötzlich schelmisch an und lief ihm wieder einmal davon.

Jonas schaute ihr verdutzt nach, lief ihr dann aber, so schnell er konnte, hinterher. Er hatte ganz vergessen, dass er sich bei ihr nie sicher sein konnte, woran er war. Mit schnellen Schritten jagte er durch den Schneematsch und bespritzte sich dabei so sehr, dass seine trockene Hose der Vergangenheit angehörte. Er strengte sich an, so sehr er konnte, aber das Peinliche war, dass Lovisa ihn im Rennen immer geschlagen hat. Und das, obwohl er längere Beine hatte! Auch dieses Mal zog sie unerbittlich davon. Lovisa lief auf die alte Kiesgrube zu, wo Jonas und Lisa als Kinder oft gespielt hatten. Sie entwischt mir nicht, dachte er. In diesem Schnee spüre ich sie locker auf.

Lovisa erreichte einen steilen Hang und lief ihn herauf, wenn auch in einem langsameren Tempo. Es war glatt und sie rutschte bei fast jedem Schritt nach unten. Jonas holte den Vorsprung ein und war am Hang nur noch einen Meter hinter ihr. Er wollte sie zum Halten auffordern, keuchte aber so stark, dass er keinen Ton herausbrachte.

Oben angekommen zögerte Lovisa einen Moment,

der Jonas ausreichte um sich nach vorne zu werfen und sie zu packen. Lovisa verlor auf dem glitschigen Untergrund das Gleichgewicht. Ineinander verschlungen kugelten sie auf der anderen Seite den Hang hinunter. Kurz vor einem großen Steinbrocken kamen sie endlich zum Liegen.

Völlig außer Puste und rot im Gesicht schauten sie sich an und lachten. Die Farbe im Gesicht stand Lovisa gut und Jonas wollte sie küssen, hatte aber noch nicht die Kraft dazu. Ihr Haar war zerzaust und voller Schnee und sie waren beide patschnass.

„Oma wird denken, dass wir in einen Bach gefallen sind“, keuchte Jonas.

„Piepegal“, kicherte Lovisa. „Aber Spaß hat es gemacht!“

Sie schüttelte ihre Haare, um sie vom Schnee zu befreien.

„Meinst du, dass wir so was auch noch machen können, wenn wir erwachsen sind?“, fragte Lovisa. „Denn sonst habe ich keine Lust erwachsen zu werden, glaube ich.“

„Das können wir bestimmt. Wir müssen ja niemanden um Erlaubnis bitten.“

Er wischte ihre Jacke ab und strich eine schmelzende Flocke von ihrer warmen Haut.

„Du bist unheimlich schnell, Lovisa. Hast du nie daran gedacht, etwas daraus zu machen?“

„Das sagt mein Sportlehrer auch immer. Ich war beim letzten Wettrennen die Schnellste in der Klasse.“

„Und?“

Jonas erholte sich langsam wieder. Sein Herz hüpfte in der Brust nicht mehr wie ein Tischtennisball.

„Rita will es nicht. Sie findet es zu hart in meinem Alter dreimal in der Woche zu trainieren."

„Und was meinst du dazu?"

„Ich weiß es nicht recht. Ich halte nicht viel von Rekorden und dem ganzen Kram drumherum. Ich laufe einfach gern, das ist alles."

Sie standen auf und klopften sich den Schnee ab. Jonas hob den Blick und sah sich um. Am Fuße des Hangs entdeckte er ein schwarzes Auto. Er wurde sofort neugierig. Das Auto sah ganz neu aus. Warum stand es hier? Ohne auf Lovisa zu warten, rutschte er das letzte Stück hinunter und ging zum Auto. Da stimmte etwas nicht, dachte er, auch wenn er sich nicht darüber im Klaren war, was es war. Ein funkelnagelneuer Luxusschlitten mit Schiebedach. Es war ordentlich abgeschlossen, aber es führten keine Spuren vom Auto weg. Ihm fiel auf, dass der Schnee auf der Motorhaube zu Wassertropfen geschmolzen war.

„Was machst du, Jonas?", wollte Lovisa wissen, die ihm nachgekommen war.

„Ich checke nur das Auto ab. Komische Stelle, um ein nagelneues Auto abzustellen. Hier gibt es ja keine Straßen."

„Vielleicht macht jemand einen Ausflug", schlug Lovisa vor.

„Einen Ausflug in eine alte Kiesgrube – und das im November? Nein, aber vielleicht gehört es einem Jäger", überlegte Jonas weiter. „Ich glaube aber nicht, dass sich

Omas Nachbarn solche Luxusschlitten leisten können."
„Mir reicht's jetzt, Jonas. Ich erfriere. Lass uns nach Hause joggen, okay?"
Zu Hause wurden sie von Jonas' Oma für ihre nassen Sachen ausgescholten und sie bekamen den strengen Befehl sofort heiß zu duschen, während sie die Kleider über dem Kamin trocknen wollte.
„Einer nach dem anderen, versteht sich!", sagte sie und warf Jonas einen viel sagenden Blick zu, als er auf dem Weg ins Bad war.

Zum Abendessen kamen Rita und Thomas zu Besuch. Rajtan begrüßte alle außer Jonas fröhlich und jagte Ruths Katze in den ersten Stock. Zu Thomas' Erleichterung war seine Mutter Rita gegenüber sehr liebenswürdig. Es war ja trotz allem das erste Mal, dass sie sich trafen. Als allerdings der Einbruchversuch zur Sprache kam, verzog er besorgt das Gesicht.
„Du weißt ja, was ich davon halte, dass du allein hier wohnst", sagte er und sah seine Mutter an.
„Fang bloß nicht wieder davon an. Ich werde potentielle Einbrecher schon ins Bockshorn jagen, verlass dich darauf!"
Thomas seufzte und sah Rita hilflos an.
„Wir können ja nur hoffen, dass diese Gestalt von gestern nicht mehr wiederkommt", sagte Rita. „Aber es wäre schon gut, wenn in den nächsten Tagen noch jemand im Haus wohnen würde."
„Wir können ja hier bleiben", sagte Lovisa zum Erstaunen aller. „Können wir doch, Jonas, oder?"

„Aber klar. Es ist nicht sehr weit, falls wir irgendwo hinfahren wollen."

„Apropos fahren", sagte Thomas. „Dein Moped steht nicht mehr in der Garage. Ich hoffe, dass es nicht gestohlen wurde."

Ein peinliches Schweigen verbreitete sich um den Tisch. Jonas spürte, wie es ihm langsam bis zu den Ohrläppchen heiß wurde.

„Okay, wir haben den Bus verpasst. Ich verspreche, dass es nie wieder vorkommen wird", sagte er mit leiser Stimme.

„Ich habe nicht gewusst ...", rief Ruth.

„Zwei Personen auf einem Moped ...", sagte Thomas mit eisiger Stimme. „Wer trug den Helm?"

„Lovisa."

Rita sah von einem zum anderen. Ihr war klar, dass Jonas gegen eine wichtige Abmachung innerhalb der Familie verstoßen hatte. Etwas, was seine zukünftigen Übungsflüge gefährden könnte. Aber er hatte wenigstens Lovisa gegenüber fair gehandelt.

„Ich nehme das Moped wieder mit nach Hause", sagte Thomas.

„Es gibt gewisse Regeln, die man einhalten muss, Jonas", sagte Rita und sah ihren Neffen an. „Wie zum Beispiel die Schwimmweste, wenn wir mit dem Super-Cub fliegen. Wenn du Flieger werden willst, musst du dich zusammenreißen und dich grundsätzlich an bestimmte Vorschriften halten!"

Oh, wenn sie nur aufhören würden! Jonas schämte sich in Grund und Boden. Am Schlimmsten war jedoch, dass Rita davon erfahren hatte. Jetzt hatte er Angst, dass sie ihn vielleicht nicht mehr zum Fliegen mitnehmen würde.

Lovisa war ganz weiß im Gesicht geworden, traute sich aber nicht etwas zu sagen. Vor lauter Angst, was Thomas als Nächstes tun würde, war sie wie gelähmt. Bei ihr zu Hause hätte ihr Vater sofort zu prügeln angefangen. Jonas hatte allerdings gesagt, dass er noch nie geschlagen worden war. Aber irgendwann ist eben immer das erste Mal, fürchtete sie.

Da spürte Lovisa plötzlich eine Hand auf ihrem Arm und sah Ritas beruhigenden Blick. Die Augen voller Tränen bückte sich Lovisa und kraulte Rajtan, die zu ihren Füßen lag.

„Entschuldigung!", sagte Jonas und Thomas nickte ihm zu.

„Morgen früh um halb acht komme ich euch abholen", sagte Rita. „Wir müssen um neun Uhr auf dem Flugplatz von Rörberg sein."

Jonas' Miene hellte sich schlagartig auf. Er war begnadigt worden und die Stimmung war wiederhergestellt. Kurz vor der Nachspeise fuhr Rajtan aber plötzlich hoch und bellte wie wild. Ein kräftiges Klopfen ertönte aus dem Flur.

„Noch einer, der die Klingel nicht benützen kann", sagte Tante Ruth.

Die anderen um den Tisch tauschten Blicke aus, bis Thomas aufstand und der Sache nachging.

Alle lauschten in gespannter Erwartung, was im Flur vor sich ging. Nur Lovisa bemerkte, dass Rajtans Bellen in ein ungeduldiges Wimmern überging und sie zu wedeln begann. Das konnte nur eins bedeuten: Ritas Freund Simon war im Anmarsch.

7

Dichter Tannenwald säumte den Weg. Das Wetter war annehmbar und der meiste Schnee war schon wieder verschwunden. Die Landschaft hatte langsam wieder ihre dumpfen Erdfarben angenommen, bis auf die Stellen im Schatten, wo noch etwas Schnee liegen geblieben waren.

Mist, wenn man erst fünfzehn ist, dachte Jonas und verfolgte mit einem neidischen Blick Ritas Handbewegungen am Schaltknüppel. Er hätte gern selbst am Steuer des Autos gesessen, das sie bei der Fluggesellschaft gemietet hatte. Nachdem sie Lovisa am Reihenhaus abgesetzt haben, waren sie jetzt auf dem Weg zum Flugplatz. Rita war ungewöhnlich schweigsam.

„Habt ihr einen netten Abend gehabt, Simon und du?“, fragte Jonas.

„Ja, schon. Es ist nur etwas spät geworden. Ich muss besonders fit sein, wenn ich Flugschüler habe. Aber Simon hat dafür wenig Verständnis.“

Kaum hatte sie die letzten Worte gesprochen, da drehte sie sich zu Jonas um und lächelte.

„Aber ich habe mich gefreut, dass er gekommen ist. Er ist eine treue Seele, mein Simon.“

Jonas schaute durch das Seitenfenster. Es war deutlich, dass Rita nicht wollte, dass er dachte, sie hätten sich wieder gestritten.

„Er meldet sich am Freitag wieder. Dann werden wir eine kleine Party feiern, haben wir uns gedacht."

„Hoffentlich kommt niemand heute bei Oma vorbei, während wir weg sind", sagte Jonas besorgt, als sie einem schwarzen Auto begegneten.

„Rajtan ist ja bei ihr. Sie lässt niemanden über die Türschwelle."

Nicht mal mich, dachte Jonas. Aber zur Abwechslung war er über Rajtans Anwesenheit einmal froh und fand es beruhigend, dass seine Oma nicht allein zu Hause war.

Es kribbelte in seinem Körper, als er an den gestrigen Tag dachte. Lovisa war in der Nacht in sein Zimmer gekommen. Da seine Oma etwas misstrauisch gewesen war, wollte er nicht im Gang herumirren. Er hatte nicht gedacht, dass Lovisa kommen würde. Linn hatte nämlich gestern bei Oma angerufen und nach ihm gefragt. Aber da hatte er ihr ordentlich Bescheid gegeben. Selbst auf die Gefahr hin, dass er ohne Freunde dastehen würde, nachdem Lovisa zurückgefahren war.

Zwar hatte er sie gestern Nacht mit dem Dackel teilen müssen, aber immerhin war sie gekommen. Sie hatten stundenlang geschmust und geredet. Jonas fand, dass sie sich noch nie so nahe gewesen waren. Lovisa hatte ihm fest versprochen am Freitag mit ihm in die Disco zu gehen. Und heute früh hatte sie ihn umarmt, bevor sie sich trennten. Kein Wunder, dass er heute so gut drauf war.

Von Weitem konnte er jetzt den kleinen rotweiß gestreiften Windsack sehen, der die Windrichtung anzeigte. Sein Herz machte einen Sprung. Endlich! Er war seit Anfang August nicht mehr geflogen.

Als sie auf den Flughafenparkplatz fuhren, riet ihm Rita: „Halte Augen und Ohren offen, Jonas! In ein paar Jahren sitzt du vielleicht neben dem Fluglehrer. Aber du darfst nicht stören. Fragen kannst du dann nachher stellen."

Das musste man Jonas nicht zweimal sagen: Nichts würde ihm heute entgehen. Noch bevor Rita das Auto angehalten hatte, sprang er hinaus und schaute zum Himmel. Er war novemberblass aber wolkenfrei.

Rita ging mit raschen Schritten zum Schulungsraum des Flugclubs und Jonas trottete hinter ihr her, in Gedanken schon weit draußen auf der Startbahn. An der schwarzen Tafel stand der erste Schüler des Tages und studierte eine Landkarte. Als sie hereinkamen, schaute er hoch und ging ihnen entgegen. Groß, schmal und um die zwanzig, schätzte Jonas ihn. Der Typ war bestimmt ein bisschen nervös, weil er sich immer wieder mit den Fingern durch die Haare fuhr.

„Anton Lindgren", stellte er sich vor.

Jonas wurde mit einer schweißnassen Hand begrüßt, deren Spuren er unbemerkt an seiner Jeans abzuwischen versuchte. Sollte er es wirklich wagen mit diesem Anton zu fliegen? Er schien ja mit den Zähnen zu klappern, noch bevor er überhaupt ein Flugzeug gesehen hat.

„Hallo, Anton! Das ist mein Neffe, Jonas. Ich hoffe, du hast nichts dagegen, wenn er heute hinter uns sitzt?"

„Aber nein", sagte er und nickte Jonas zu.

Rita faltete die Karten, die sie mitgebracht hatte, auseinander und zusammen fingen sie an ihre Tagesroute zu planen. In dieser Unterrichtsstunde sollte Anton den Instrumentenflug üben. Jonas sank auf einen Stuhl. Er studierte die Flugposter an den Wänden. An der Decke hing ein Modell einer alten Fokker. Der Besprechung von Rita und Anton folgte er aber nur von Weitem und bald klangen ihre Stimmen wie surrende Fliegen in der Ferne. Er bückte sich und band seine Schuhe neu, um sich wach zu halten. Wenn bald keine Action kam, würde es in die Hose gehen. Er wurde in allen Räumlichkeiten, die ihn an Schulen erinnerten, schläfrig.

Das heutige Wetter musste noch mit dem Meteorologen besprochen werden, dann endlich rief Anton den Fluglotsen an und gab ihre Route durch. Es wurde Zeit zum Flugzeug zu gehen. Sobald Jonas an die frische Luft kam, wurde er wieder munter und hielt nach Ritas Piper Arrow Ausschau. Der Mann im Overall, der Jonas am Samstag von der Landebahn verjagt hatte, wartete an der Maschine.

„Der kann es wohl daheim nicht aushalten", sagte er freundlich und nickte in Jonas' Richtung.

Warte nur, dachte Jonas, der ihn nicht leiden konnte. Eines Tages wirst du mich bedienen.

„Ist alles in Ordnung?", fragte Rita.

„Yes! Aufgetankt und fertig."

Rita und Anton machten sich an die übliche Überprüfung der Maschine. Jonas konnte zuerst auf die Tragfläche steigen, da er auf dem Rücksitz sitzen sollte. Er legte die Kopfhörer an, die Rita auch für ihn besorgt hatte, und machte den Sicherheitsgurt fest. Er fühlte sich etwas nervöser als sonst. Aber es war nicht so schlimm, dass er nicht noch kurz an Lovisa denken konnte. Hoffentlich würde Lisa sie nicht mit ihrem ewigen Pferdegequatsche anöden.

Der Motor wurde gestartet und der Propeller fing an sich zu drehen. Jonas hörte in den Kopfhörern einzelne Check-Worte und die Starterlaubnis vom Tower. Die SE-FCG rollte auf Bahn zwei hinaus.

Er sah die Reflexion der Blitzlichter und verfolgte, wie Anton Höhenruder und Klappen prüfte. Dann schoss die Kiste los und sie wurden in ihre Sitze gedrückt. Jonas liebte es, wenn er spürte, wie sie von der Kraft des Motors hinaufgetragen wurden. Rita saß still da, aber ihr Blick war voll dabei. Anton ließ die Maschine in Richtung Waldrand steigen und als er ein Stück geflogen war, beugte sich Rita vor und zog ein Rollo vor ihm runter.

Was macht sie denn da?, dachte Jonas entsetzt. Soll der Typ etwa nicht nach draußen sehen können! Wie wird das denn enden. Er hielt sich instinktiv am Sitz fest, auf dem er saß. Er hatte selbst eine ausgezeichnete Sicht in alle Richtungen, aber was nützte das schon.

„Klapp das Fahrgestell ein, Anton!“, hörte er Ritas Stimme in den Kopfhörern sagen.

Anton zog den kleinen Knüppel zwischen den Sitzen an und Jonas hörte gleich darauf ein dumpfes Geräusch unter sich. Er legte die Hand auf Ritas Schulter, aber sie winkte nur abwehrend ab. Jetzt hatte sie alle Hände voll zu tun, sie musste abchecken, ob die Maschine die richtige Geschwindigkeit, den richtigen Kurs und die richtige Höhe hatte. Anton drehte langsam eine Kurve, um zur Landebahn zurückzusteuern. Jonas sah Gävle dort unten wie eine Spielzeugstadt liegen, und die Küstenlinie des Bottnischen Meeres, aber er war zu nervös, um die Aussicht genießen zu können. Jetzt verloren sie ordentlich an Höhe, aber wie sehr Jonas auch Ausschau hielt, einen Flughafen konnte er nicht entdecken. Nichts als Wald, Wald, Wald, so weit sein Auge sehen konnte. Doch, da drüben, schräg nach rechts, lag der Flugplatz. Die Maschine flog allerdings mindestens fünfhundert Meter neben der Landebahn! Und trotzdem sank ihre Piper Arrow weiter und Anton forderte bereits schon Landeanweisungen an.

Jonas spürte, wie ihm der Schweiß ausbrach. Er konnte nicht mehr ruhig sitzen bleiben. Es war, als wenn er einen Action-Film sehen würde. Der Unterschied war hier allerdings, dass es jetzt nicht half die Augen zuzumachen. Die Maschine legte sich im Wind auf die Seite und näherte sich immer mehr den Baumkronen. Wenn Anton nicht schnell etwas unternahm, würden sie bald wie eine Elster in einem Fichtenwipfel landen.

Der Reitstall lag außerhalb der Stadt. Lisa stand an der Bustür, schon lange bevor der Bus an die Haltestelle gekommen war. Lovisa lächelte über ihren Eifer, blieb aber auf ihrem Platz sitzen, bis es Zeit wurde auszusteigen. Lisa trug von oben bis unten ihre Reiterkluft, nur den Helm trug sie in einer Tüte.

„Meine absolute Favoritin heißt Cassandra", sagte Lisa, als sie zum Stall liefen. „Sie ist eine New-Forrest-Stute; eine wunderschöne Füchsin."

„Was ist eine Füchsin?"

„Eine Farbe, du Dummkopf!", lachte Lisa und baumelte mit der Tüte. „Sie ist so rostrot wie ein Fuchs. Aber das kannst du ja alles nicht wissen, schließlich kennst du dich mit Pferden ja nicht aus."

Der typische Pferdestallgeruch schlug ihnen schon im Hof entgegen. Die eine Tür war offen und sie betraten den im Vergleich zu draußen dunklen Stall. Die meisten Pferde waren noch drinnen und kauten ihr Morgenheu. Ihr gleichmäßiges Mampfen war das Erste, was Lovisa auffiel. Im Stallgang schlief eine gestreifte Katze auf einem Strohballen, eine zweite kauerte auf einem Balken. Lisa zog Lovisa den Gang entlang und stellte ihr die Pferde vor. Ein paar standen vor der langen Futterkrippe – die anderen standen auf der gegenüberliegenden Seite in ihren Boxen.

„Es sind meistens die Privatpferde, die Boxen haben", erklärte Lisa. „Die Reitschulpferde stehen in der Reihe vor der Krippe.

„Hallo, Lisa!"

Ein Mädchen mit munteren Augen stand vor ihnen im Gang, einen Sattel im Arm.

„Hallo, Jenny! Habt ihr was von eurem Auto gehört?", fragte Lisa.

„Nichts Neues. Die Polizei hat keine Spur. Aber mein Vater kriegt heute ein Mietauto von der Versicherungsgesellschaft", fügte Jenny hinzu, während sie Lovisa musterte.

„Das ist Lovisa. Sie geht mit Jonas", sagte Lisa.

„Ich gratuliere! Jonas ist ein Supertyp."

Lovisa lächelte, fragte sich aber gleichzeitig, ob alle Mädchen Jonas für einen Supertypen hielten.

„Das denkst du! Du musst ja nicht mit seiner Stereoanlage zusammenwohnen“, sagte Lisa. „Komm jetzt, Lovisa.“

Lisa reichte ihr eine Bürste und zeigte auf ein Pferd.

„Da drüben steht Pontus. Das ist der einzige Fjording im Stall. Er lahmt und muss umsorgt werden. Ihm gefällt es bestimmt, wenn du ihn ein bisschen striegelst.“

Es war das erste Mal, dass Lovisa einem großen Tier so nah war, und sie war von dem dichten, weichen Fell des Pferdes mit seiner dunklen Zeichnung fasziniert. Manchmal hörte Pontus auf zu kauen und drehte neugierig den Kopf zu ihr um. Er hatte dunkle, liebe Augen und Lovisa strich ihm vorsichtig über die Stirn. Da blies er ihr seine warme Atemluft ins Gesicht und nickte, den Mund voller Strohhalme. Lovisa wurde noch mutiger. Sie streichelte sein weiches Maul und kraulte ihn hinter den Ohren. Dann fing sie an, ihn mit kräftigen Zügen zu striegeln, so wie Lisa es ihr gezeigt hatte. Pontus genoss die Behandlung anscheinend sehr und belohnte sie mit freundschaftlichen Knüffen mit dem Maul.

Als Lisa zurückkam, saß Lovisa im Heu, Pontus Kopf auf ihrem Schoß. Sie sah so glücklich aus, dass Lisa fast ein bisschen eifersüchtig war. Wie hatte sich Lovisa so schnell mit Pontus anfreunden können?

Normalerweise war er Fremden gegenüber doch äußerst reserviert. Aber im nächsten Augenblick taten ihr ihre Gedanken schon wieder Leid. Es war doch eigentlich Spitze, dass Jonas' Braut auch Pferde mochte.

„Willst du mit ihm einen Spaziergang machen?", fragte sie. „Er soll jeden Tag kurz ausgeführt werden."

Ohne auf eine Antwort zu warten holte Lisa ein Halfter und legte es Pontus um den Kopf, schob das Pferd rückwärts in den Gang und reichte Lovisa die Zügel. Pontus war ein braves Pferd und Lovisa lief kein Risiko, dass er irgendeinen Unfug treiben würde. Er trottete an Lovisas Seite durch die Tür und ließ seinen Schwanz ruhig hin und her schaukeln.

„Sie scheint echt gut mit Pferden umgehen zu können", stellte Jenny fest, die auf ihrem Weg zur Reitbahn bei Lisa stehen geblieben war.

„Ja, wenn man bedenkt, dass es das erste Mal ist, dann ist es schon enorm", sagte Lisa und sah ihnen nach.

Lovisa lief vom Hufgeklapper begleitet den Weg entlang und genoss jede Sekunde. Nicht einmal das dumpfe Dröhnen eines Flugzeugs, das in niedriger Höhe vorbeiflog, konnte sie ablenken. Sie wusste schon, dass sie auf etwas gestoßen war, das sie bewegt hatte. Etwas, was sie wieder machen wollte. Am liebsten war sie zwar mit Jonas zusammen, aber danach waren Pferde das Schönste, was sie sich vorstellen konnte.

8

Simon musste vor der roten Ampel eine Vollbremsung machen. Das war sein Glück, denn auf der anderen Seite der Kreuzung stand ein Polizeiwagen. Er trommelte mit den Fingern auf dem Steuerrad den Rhythmus der Musik aus dem Autoradio mit. Noch eine Aufnahme und er hatte den Auftrag des Tages geschafft. Aber vielleicht sollte er sich bei Rita lieber etwas rarer machen. Sie schien zu glauben, dass er sie kontrollierte, wo er doch nur bei ihr sein wollte. Eine seltsame Frau, dachte er. So nah und trotzdem so weit weg.

Simon fuhr aufs Geratewohl durch die Stadt, ohne sich für etwas entscheiden zu können. Dann fuhr er in Richtung Hotel. Er hatte noch zwei Stunden Zeit, bevor er die Lieblingsmöbel einiger VIPs fotografieren sollte. Vielleicht sollte er einen Abstecher zu Jonas' Oma machen und nach dem Rechten sehen? Die Familie machte sich Sorgen um die alte Dame, das war klar.

Er tastete mit der Hand nach der Zigarettenschachtel in der Brusttasche. Nein! Lieber nicht im Auto rauchen. Rita würde es sofort merken. Simon seufzte. Warum musste Liebe so kompliziert sein? Obwohl es noch früh am Tag war, kam es ihm draußen schon recht dunkel vor. Eine Wolkendecke bildete sich über der Gegend. Um diese Jahreszeit sollte man in irgendein helles, warmes Land emigrieren, dachte Simon. Die Frage war nur, wie er Rita dazu überreden konnte. Er fuhr mit rascher Geschwindigkeit stadtauswärts. Aber diesmal entdeckte Simon rechtzeitig die Zebrastreifen und auch das junge Mädchen, das davor wartete. Er bremste ab und hielt.

Als das Mädchen auf die Straße trat, betrachtete er sie anerkennend. Doch plötzlich fing sie an zu rennen und im nächsten Augenblick war das Quietschen bremsender Autoreifen zu hören. Simon hatte sogar noch die Geistesgegenwart den Kopf gegen die Nackenstütze zu drücken, bevor es knallte. Sein Auto setzte durch den Zusammenstoß ein Stück nach vorn und er hörte das Geräusch von zersplitterndem Glas auf der Straße. Die Stille danach war greifbar. Simon holte tief Luft und versuchte nachzufühlen, wie es seinem Kopf ging. Er spürte einen stechenden Schmerz im Nacken, aber das war alles. Da er sich ziemlich okay fühlte, stieg er aus. Er sah den glänzenden schwarzen Lack eines Neuwagens und einen Mann auf dem Fahrersitz. Aber bevor er zwei Schritte gemacht hatte, fuhr das Auto, das ihm draufgefahren war, in einem Regen von Glassplittern rückwärts und dann direkt auf ihn zu. Als Fotograf hatte Simon schnelle Reflexe trainiert. Er sprang Hals über Kopf auf die Motorhaube seines eigenen Autos und konnte es gerade noch um eine Haaresbreite vermeiden von dem Wagen, der mit hohem Tempo verschwand, überfahren zu werden. Wie in Trance wiederholte er die Autonummer laut vor sich her und wühlte in seiner Brusttasche nach seinem Bleistift. Als er die Nummer auf einer Zigarettenschachtel aufschrieb, spürte er, wie seine Hände anfingen zu zittern.

Einige Kilometer von Simon entfernt flog Ritas Piper Arrow mit Anton am Steuer. Er fuhr die Landeklappen aus. Hinter ihm klapperte Jonas mit den Zähnen. Jetzt gab es kein Zurück mehr. Als Jonas aber meinte, gleich die Tannenzapfen in den Baumwipfeln ausmachen zu können, ließ Rita das Rollo vor Antons Augen mit einem Knall hochfahren.

„Flugfeld in Sicht?"

Was Anton dachte, konnte Jonas nur ahnen. Denn hier unter ihnen gab es keine Landebahn, nur einen dichten grünen Teppich aus Bäumen. Jetzt hatte Anton es plötzlich eilig den Tower anzurufen und musste sofort einen Pull-up machen, indem er den Motor voll aufdrehte. Rita ließ unerbittlich das Rollo wieder runter und Anton war gezwungen die gleiche Prozedur noch mal von vorne zu wiederholen.

Langsam entspannte sich Jonas. Er begriff, dass Rita alles unter Kontrolle hatte und dass er keine Angst haben musste. Solche Sachen gehörten zum Training.

Kurz nach dem misslungenen Landeversuch flogen sie über die Gegend, in der seine Oma wohnte. Jonas hing an dem Seitenfenster und es gelang ihm das gelbe Haus am Waldrand auszumachen. In der Kiesgrube, wo Lovisa und er gestern ihren Spaß gehabt hatten, sah er etwas, was ihm merkwürdig vorkam. Er lehnte sich vor, um besser zu sehen. In einer der Talsenken entdeckte er eine grüne zeltähnliche Oberfläche. Es war nicht möglich zu sehen, was es war. Jonas wusste nur, dass es etwas war, was vorher nicht dagewesen war. Er kannte die Kiesgrube wie seine eigene Hosentasche. Er hatte dort jahrelang Motocross trainiert. Jetzt drehte die Maschine ab und die Kiesgrube verschwand aus seinem Sichtfeld. Das müssen wir untersuchen, dachte Jonas und nahm sich vor, seine Oma zu fragen. Sie würde bestimmt wissen, was es ist.

Die Zeit verging im Schneckentempo. Das Flugzeug lag in der Warteschleife über Rörberg und Jonas spürte, wie seine Augenlider wieder schwer wurden. Der Motor brummte einschläfernd und es gab nicht viel zu sehen. Mit einem Ruck wachte er durch eine laute Durchsage in den Kopfhörern auf.

„SE-FCG vom Tower. Warnung. Ein Militärflugzeug aus Söderham im Anflug, hält den gleichen Kurs."

Bevor Jonas geschnallt hatte, was die Durchsage bedeutete, ließ Rita das Rollo hochschnellen. Am Himmel direkt vor ihnen türmte sich eine schwarze Silhouette auf, die mit jeder Sekunde größer wurde. Es war eine JAS 39 Gripen auf klarem Kollisionskurs.

„Dieser Idiot!", rief Rita, während sie gleichzeitig die Steuerung der Maschine übernahm. „Und solche müssen sie ausgerechnet bei der Luftwaffe beschäftigen!"

Um auszuweichen, ließ sie die Maschine augenblicklich an Höhe verlieren, was Jonas' Magen drei Etagen tiefer wandern und Anton nach Luft schnappen ließ. Gleich darauf flog die JAS-Maschine mit einem Höllenkrach über sie hinweg. In den Kopfhörern dröhnte es und Jonas wurde fast taub. Ihm war leicht übel. So nahe war er dem Tod noch nie gewesen. Anton sah auch blass aus, während Rita tobte. Sie rief den Tower an und verlangte sofortige Landeerlaubnis.

„Um mir das zu erklären, müssen sie sich aber etwas Gescheites einfallen lassen!", sagte sie zu Anton.

Rita setzte ungewöhnlich hart auf und noch bevor der Motor abgestellt war, stand sie draußen auf der Tragfläche.

„Ich gehe sofort die Luftwaffe anrufen. Wir sehen uns im Schulungsraum."

Jonas, der seine Tante noch nie so wütend gesehen hatte, sah ihr begeistert nach, als sie mit raschen Schritten davonlief. Anton sagte nichts. Er holte nur seine Sachen und zusammen gingen sie übers Feld auf das Bürogebäude zu.

„Da ist jemand eindeutig zu tief geflogen", sagte Rita, als sie zurückkam. Der Fluglotse der Flugwaffe hat sich damit herausgeredet, dass heute so schönes Wetter sei, dass wir uns hätten sehen müssen. Das ist aber nicht der Fall, wenn man Instrumentenflug mit runtergezogenem Rollo übt."

Sie gab Anton einen aufmunternden Klaps auf die Schulter.

„Mach dir nichts draus! Morgen läuft es wieder besser."

Nach noch ein paar Flugstunden mit verschiedenen Schülern hatte Jonas genug. Er konnte nichts mehr aufnehmen und die Manöver, die die Schüler übten, ähnelten sich. Er sehnte sich nach Lovisa und nach einem gedeckten Tisch. Ja, sogar nach dem verflixten Dackel.

Deshalb seufzte er erleichtert auf, als sie endlich im Auto auf dem Weg nach Hause saßen. Rita gähnte und war offensichtlich auch müde. Im Radio hörten sie, dass die Verkehrspolizei nach einem Auto fahndete, dessen Fahrer bei einem Unfall Fahrerflucht begangen hatte. Jonas horchte auf.

Das Erste, was Rita auffiel, als sie in den Weg zu Ruths Haus einbog, war das dunkle Auto. Sie murmelte etwas Unverständliches zwischen den Zähnen, während Jonas sich freute. Er konnte Simon gut leiden.

„Schau mal, was mit dem Auto passiert ist!“, rief Jonas, als sie näher kamen.

Rita parkte direkt dahinter und sie stiegen aus und betrachteten Simons Auto, das deutliche Unfallspuren aufwies. Kaputte Lichter und Elektrokabel hingen aus den Fassungen.

„Bin gespannt, wie es ihm geht“, sagte Rita, die auf einmal sehr besorgt aussah. „Das muss ja ganz schön geknallt haben.“

In diesem Augenblick bog ein Auto in die Straße ein und beleuchtete sie mit seinem Scheinwerferlicht. Jonas erkannte sofort das Auto seiner Familie. Sein Herz klopfte schneller. Thomas parkte hinter Rita und bald war Lovisa an Jonas' Seite. Sie umarmten sich und er schnüffelte ein bisschen an ihren Haaren, wobei er die Nase vor einem allzu vertrauten Geruch rümpfte. Lovisa roch nach Pferd.

Sie fanden Simon bei Ruth in der Küche. Er lag auf der Küchenbank, einen dicken Schal um den Hals gewickelt und ein Glas Whisky neben sich. Rita setzte sich zu ihm.

„Wie geht es dir?“

„Recht gut, abgesehen davon, dass ich diesen Idioten

von Fahrer gern erwischen würde. Die Polizei rief gerade an und sagte, dass das Auto gestohlen war. Durch die Zulassungsnummer wird man den Typen also nicht finden."

Thomas sah Simon fragend an und dieser erzählte kurz die ganze Geschichte. Rita wurde klar, dass ihr Freund wegen eines verrückten Rasers beinahe draufgegangen wäre. Sie nahm seine Hand.

„Dann war das das Auto, nach dem sie im Radio fahndeten", sagte Jonas. „Ich habe mir aus Spaß die Nummer notiert. KLM 373. Stimmt's?"

„Ja, diese Kennziffer werde ich wahrscheinlich nie mehr vergessen. Die Polizei von Gävle ist schon den ganzen Nachmittag im vollen Einsatz."

„Sollte sie nach einem Mordversuch auch sein", sagte Rita. „Was hast du jetzt vor?"

„Ich gebe das Auto morgen in die Werkstatt. Ich habe nur noch einen Auftrag und dafür nehme ich mir ein Leihauto."

„Ich habe Simon schon gesagt, dass er gern bei mir wohnen kann, falls das von Vorteil sein sollte", sagte Ruth, die gerade in die Küche gekommen war.

„Wenn es so weitergeht, kannst du bald eine Pension aufmachen", sagte Thomas und lachte.

„Apropos Polizei", fuhr seine Mutter fort, „ein Mann von der Kripo hat angerufen und gesagt, dass sie einen Hausbesuch machen werden, wegen des Einbruchversuchs."

„Äha, und wann?", wollte Thomas wissen.

„Morgen Abend."

„Wie bitte? Ein Hausbesuch am Abend? Das klingt aber komisch!“

„Mecker doch nicht schon wieder, wenn sie endlich mal was unternehmen wollen“, sagte Ruth.

„Wer war der Mann?“, fragte Thomas misstrauisch.

„Ich habe seinen Namen hier“, sagte Ruth und holte einen Zettel.

Da machte Jonas Lovisa ein Zeichen und sie schlichen sich aus der Küche und die Treppe hinauf. In Lovisas Zimmer jagten sie einander um das Bett herum. Jonas konnte sie schließlich einfangen und steckte die Nase in ihre Haare.

„Du stinkst nach Pferd!“, beschwerte er sich. „Willst du nicht duschen?“

„Auf gar keinen Fall! Ich will die Erinnerung an Pontus nicht wegwaschen.“

Jonas stöhnte.

„Und wer ist Pontus?“

„Der goldigste Fjording der Welt!“

„Lisa hat es echt geschafft dir das Gehirn zu waschen!“

„Du kannst dich überhaupt nicht beschweren! Du stinkst nach Flugzeugöl.“

Sie rollten kichernd auf dem Bett herum, bis es Lovisa gelang, seine Arme festzuhalten und sich auf ihn draufzusetzen. Sie machte die Nachtlampe an und musste in dem starken Licht blinzeln.

„Hast du gehört, was Tante Ruth da unten in der Küche gesagt hat?“, fragte Lovisa.

„Nein, was denn?“

„Ich meine über diesen Polizisten, der einen Hausbesuch machen will."

Er nickte.

„Findest du das nicht auch total seltsam?"

Jonas dachte intensiv nach, aber sein Gehirn funktionierte nach diesem anstrengenden Flugtag nicht mehr. Er zuckte mit den Achseln.

„Wir haben doch die Polizei überhaupt nicht angerufen", sagte Lovisa langsam. „Wie kann die dann wissen, dass bei Tante Ruth eingebrochen werden sollte?"

Jonas setzte sich sofort auf. Warum hatte er eigentlich nicht daran gedacht. Lovisa konnte manchmal echt scharfsinnig sein.

„Vielleicht hat der Schreiner etwas erzählt?", überlegte Jonas.

„Warum sollte er sich die Mühe machen und die Polizei anrufen?"

Sie sahen sich an. Beide hatten den gleichen Gedanken. Wenn es nicht die Polizei war, die morgen einen Hausbesuch machen wollte, wer war es dann?

9

Die Dämmerung hielt sich noch bis in den späten Morgen hinein. Der Nebel schwebte dicht über dem Boden und verhüllte Häuser und Bäume. Jonas und Lovisa gingen Händchen haltend die Straße entlang. Rajtan zerrte an der Leine und trieb sie zu einem rascheren Tempo an, als sie eigentlich wollten. Verdammter Köter, dachte Jonas und ballte die Faust in der Tasche. Warum durfte immer der Dackel alles bestimmen?

„Lass uns zur Kiesgrube laufen", sagte Jonas. „Ich möchte dort etwas abchecken."

„Warum denn? Es gibt doch gemütlichere Stellen zum Spazierengehen. Mir kam der Ort echt unheimlich vor."

„Bitte! Ich habe gestern aus der Luft etwas gesehen, was total merkwürdig war."

„Musst du denn immer komischen Dingen hinterherjagen, Jonas? Wir können doch ein anderes Mal dorthin gehen. Heute kann man ja nicht mal die eigene Hand vor den Augen sehen."

Aber Jonas lief stur in Richtung Kiesgrube. Lovisa willigte widerwillig ein. Es spielte ja eigentlich auch keine Rolle. Sie sahen ja wirklich kaum etwas. Rajtan schien der Nebel am wenigsten auszumachen. Der Hund ließ sich von seiner sensiblen Schnauze führen, die von all den Hasen und Füchsen erzählte, die hier in der Nacht vorbeigekommen waren. Unheimlich spannend schien es zu sein, denn sein Schwanz wedelte die ganze Zeit. Die Leine schnitt Lovisa ins Handgelenk. Sie machte sich von Jonas frei, um die Hand zu wechseln. Im gleichen Moment sprang der Dackel nach vorn und die Leine flog Lovisa aus der Hand. Im selben Augenblick war der Hund vom Nebel verschlungen und sie hörten sein kurzes, helles Gebell in der Ferne verschwinden.

„Rajtan, komm her!“, schrie Lovisa, so laut sie konnte. „Hierher!“

Es war aber genauso sinnlos, als ob sie den Mond gerufen hätte. In dieser Situation hörte der Hund absolut nicht auf sie. Lovisa fing an zu schluchzen.

„Beruhige dich! Sie kommt doch zurück“, tröstete Jonas.

„Das tut sie eben nicht, du Blödmann!“, wimmerte Lovisa. „Rajtan kennt sich hier nicht aus.“

„Dann muss sie eben ihre fantastische Schnauze benützen.“

Jonas biss sich auf die Lippen. Er hörte selbst, wie wenig mitfühlend er klang.

„Ich hasse dich!“, schrie Lovisa. „Du schnallst ja überhaupt nichts. Was wird denn Rita sagen? Ich habe doch die Verantwortung für den Hund.“

Ehe Jonas sich versah, war sie dem Dackel hinterhergerannt. Er nahm sofort die Verfolgung auf. Heute lag allerdings kein Schnee, in dem er ihre Spuren sehen konnte. Wenn er überhaupt eine Chance haben sollte, sie zu finden, müsste er super schnell sein. Der Hund

und Lovisa waren jedenfalls in Richtung Kiesgrube gelaufen. Immerhin etwas, dachte er. Jonas hatte wenigstens den Vorteil, dass er im Gegensatz zu Lovisa den Weg kannte. Er hörte ihre Schritte vor ihm und rief ihr nach stehen zu bleiben. Aber bald hörte er nur noch sein eigenes Keuchen und hielt an, um zu horchen. Es war ganz still um ihn herum. Lovisa und auch der Hund waren weg, verschlungen vom Novembernebel, der unerbittlich über der Straße hängen blieb.

Es war schwer die feuchte Luft zu atmen. Jonas ging weiter auf den frisch gepflanzten Fichtenwald zu. Dort würde die Sicht bestimmt besser sein. Er kletterte den Hang hinauf, wo er und Lovisa vor ein paar Tagen herumgetobt waren, und schlitterte auf der anderen Seite wieder runter. Steine und Kies kamen ihm hinterher. Unten in der Talsohle bemerkte er, dass das schwarze Auto weg war. Er lief den nächsten Hügel hinauf, als das Geräusch eines Automotors an seine Ohren drang. Jonas wusste nicht warum, warf sich aber aus reinem Reflex hinter eine junge Fichte. Jetzt tauchten die Scheinwerfer zwischen den Kiesbergen auf und das Auto kam langsam auf dem holperigen Untergrund näher. Als es unterhalb von Jonas vorbeifuhr, blitzte der glänzende Lack des Dachs auf. Langsam verschwand das Auto um den nächsten Hügel herum. Jonas schwirrte der Kopf. Wer bretterte denn mit einem funkelnagelneuen Auto in einer Kiesgrube herum? Und wo wollten die hin? Hier gab es keinen Weg, der irgendwohin führte. Alle Pfade und Wege waren Sackgassen. Hundegebell unterbrach seine Gedanken. Jäger würden wohl bei diesem Nebel nicht unterwegs sein und Wild jagen. Jonas richtete sich auf und lief dem Gebell entgegen.

„Lovisa!“, rief er und hoffte inständig, dass auch sie Rajtan gehört hatte.

Wie ist es dazu gekommen? Wenn er es doch endlich lernen würde, erst zu denken und dann zu reden. Lovisa war so empfindlich.

Jonas lief in dem steinigen Gelände, so schnell er konnte. Raue Fichtenzweige schlugen ihm ins Gesicht, als er sich zwischen Pflanzen, die genauso groß waren wie er, hindurchschlängelte. Aus einem unerklärlichen Grund wollte er nicht, dass der Autofahrer den Hund entdecken würde, bevor er und Lovisa es taten. Es war ihm verdächtig, ohne eigentlich zu wissen warum. Es gab vielleicht eine ganz normale Erklärung für die Autos in der Kiesgrube. Als Jonas aber seiner Oma erzählt hatte, was er vom Flugzeug aus gesehen hatte, hatte sie ihn ganz verständnislos angesehen. Sie wusste nicht, wovon er redete. Die Kiesgrube sei seit langem stillgelegt und auf allen freien Flächen waren Fichten gepflanzt worden. Der Besitzer des Grundstücks war Omas nächster Nachbar, mit dem sie sich gut verstand, und er hätte ihr kaum ein neues Projekt verheimlicht.

Jonas hörte den Hund in seiner Nähe winseln. Er verlangsamte das Tempo und schlich sich dem Laut entgegen. Der milchweiße Nebel ließ nur eine Sichtweite von ein paar Metern zu. Es ging wieder abwärts und so vorsichtig er auch auftrat, machten sich dennoch Steine unter seinen Füßen frei. Sie rollten geräuschvoll den Hang hinunter. Ab und zu hielt er inne und lauschte.

Plötzlich hörte er ein scharfes Geräusch. Es klang, als würde jemand den Boden aufreißen. Jonas schlich entschlossen weiter. Keine Baumpflanzen standen ihm mehr hindernd im Weg. Als er endlich unten in der Talsohle angelangt war, lief er beinahe auf den Dackel drauf. Rajtan, die ihren Kopf zur Hälfte in eine Grube gesteckt hatte, fuhr knurrend hoch und sah ihn an. Als sie erkannte, wer es war, kehrte sie sofort wieder zu ihrer eifrigen Buddelei zurück.

„Wonach suchst du denn, Kleine?“, flüsterte Jonas und kniete sich neben den Hund.

Kies und Steine spritzten um Rajtan herum, während sie grub. Bald steckte sie zur Hälfte in der Erde, und als sie den Kopf wieder hinauszog, um Luft zu holen, war ihre Schnauze mit Erde und Schmutz bedeckt. Jonas sah sich um. Von Lovisa keine Spur. Er meinte, dass sie in dieser undurchdringlichen Stille doch auch Rajtans Gebell hätte hören müssen. Aber die Kiesgrube war groß. Sie hätte gut in eine der anderen Gruben hineinlaufen können. Er überlegte, was er jetzt am Besten tun sollte: nach Lovisa suchen oder sich um den Hund kümmern und nach Hause gehen? Letzteres schien ihm am Vernünftigsten. Im Nebel nach jemandem zu suchen war wie ein Versteckspiel. Jonas seufzte. Nun hieß es nur noch, diesen bekloppten Hund dazu zu bringen sein Graben aufzugeben.

„Jetzt ist es gut, Rajtan!“, sagte Jonas mit entschlossener Stimme. „Hier gibt es keine Maulwürfe.“

Er buddelte die Leine aus dem Kieshaufen aus und sah, das sie abgerissen war. Übrig war nur ein kurzer

Stummel, der noch am Halsband befestigt war. Jonas zog den Gürtel aus seiner Jeans und machte ihn am Halsband fest. Als er sich gerade aufrichten und Rajtan mit sich ziehen wollte, begann der Hund aufgeregt zu winseln. Die Klauen der Vorderpfoten glitten auf etwas Hartem aus. Jonas beugte sich neugierig vor und schob den Hund zur Seite. Er steckte die Hand ins Loch und zog an einem Gegenstand, aber das eine Ende steckte fest und bald war er, genau wie der Hund, eifrig dabei zu buddeln. Rajtan, zufrieden, dass Jonas endlich begriffen hatte, half ihm dabei. Eine Weile arbeiteten sie Seite an Seite.

Als Jonas endlich den Fund aus dem Loch bergen konnte, holte er tief Luft. Es war das Nummernschild eines Autos. Aber nicht irgendeines Autos! Vorsichtig wischte er den Sand von den Buchstaben weg und die Ziffern leuchteten ihm entgegen: KLM 373! Das Auto, nach dem die Polizei im Radio gefahndet hatte. Der Autofahrer, der nach dem Zusammenprall versucht hatte, Simon zu überfahren. Jonas' Gedanken überschlugen sich. Wie war denn dieses Schild hier in der Kiesgrube gelandet? Er beruhigte sich und untersuchte die Grube weiter. Er fuhr mit den Fingern über den Boden und sah bald, dass dieses Schild keineswegs der einzige Gegenstand war. Rajtan hatte ein Riesenversteck entdeckt.

Ein entferntes Motorengeräusch alarmierte Jonas. Schnell stand er auf und sah sich unruhig um. Einen Augenblick lang stand er unentschlossen mit dem Schild in der Hand da! Sollte er es mitnehmen? Und wenn die

Person, die das Schild versteckt hatte, gerade in diesem Moment auf dem Weg hierher war? Kaum hatte er den Gedanken zu Ende gedacht, da fing Rajtan an zu knurren. Ihr Fell sträubte sich auf ihrem Rücken und Jonas spürte, wie er vor Aufregung eine Gänsehaut bekam. Rasch warf er das Schild wieder ins Loch und fing an die Grube zuzuschütten. Die Finger steif vor Kälte warf er so viel Kies darüber, wie es seine Kräfte zuließen. Schließlich schob er noch mit dem Fuß ein paar größere Steine darauf, um die Spuren zu verwischen. Rajtan beobachtete ihn während der Prozedur mürrisch. Dieser Kerl ist ein hoffnungsloser Fall, schien der Dackel zu denken. So viel vergebliche Mühe.

Endlich war Jonas zufrieden. Er zog Rajtan in die Richtung mit sich, aus der das Motorengeräusch nun immer deutlicher zu hören war.

Plötzlich blieb er jäh stehen, weil ihm ein Gedanke gekommen war. Wie würde er diese Stelle wieder finden, für den Fall ...? Die Kiesgrube war voller ähnlicher Stellen. Er wühlte in der Hosentasche und holte ein weißes Taschentuch heraus, das er um den Stamm einer jungen Fichte band. Dann hob er den widerwilligen Dackel hoch und lief, so schnell er konnte, den Hang hinauf. Jetzt war er sich sicher, dass er von demjenigen, der die Schilder versteckt hatte, nicht entdeckt werden wollte. Als er endlich in dem dichten Fichtenwald war, beruhigte sich Jonas so weit, dass er etwas klarer denken konnte. Er setzte Rajtan auf dem Boden ab und versuchte mit ihr zu reden. Aber der Dackel ließ nur den Kopf hängen und schaute traurig. Der ganze Spaß war vorbei.

Das Motorengeräusch war verstummt, was aber auch bedeuten konnte, dass das Auto irgendwo in der Nähe geparkt hatte. Im Schutz des Fichtenwaldes kümmerte sich Jonas aber im Moment nicht darum, sondern fragte sich vielmehr, wie er Lovisa finden sollte. Da kam ihm eine Idee. Er kauerte sich neben den Hund und nahm seinen weichen Kopf zwischen beide Hände.

„Such Lovisa! Wo ist sie? Such!"

Der Dackel spitzte aufmerksam die Ohren und witterte in der Luft. Dann fuhr er im Kreis herum und machte sich in eine bestimmte Richtung davon. Jetzt hing Jonas an der Leine und folgte dem Hund, wenngleich er dessen Fähigkeiten nicht allzu viel Glauben schenkte. Aber es war immerhin ein Versuch! Rajtan lief im rasendem Tempo durch das unwegsame Gelände und Jonas hatte alle Mühe hinterherzukommen. Bald keuchte er atemlos und musste anhalten um sich auszuruhen.

Als er aber wieder einen Laut hervorbringen konnte, wiederholte er: „Such Lovisa! Such!"

Woraufhin der Dackel wieder an der Leine zerrte und Jonas im gleichen halsbrecherischen Tempo mit sich zog. Ehe er es sich versah, waren sie unten in der Talsohle, wo das schwarze Auto geparkt hatte. Rajtan bellte laut und raste den Weg entlang. Jonas gefiel es nicht, dass sie so ungeschützt waren, aber es war zweifellos leichter hier zu laufen. Jetzt würden sie bald die Kiesgrube hinter sich lassen. Als Jonas aber in bester Sprinterform einen Kieshügel umrundete, wären sie beinahe voll in ein Auto gerannt, das langsam den Weg entlanggekrochen kam. Jonas reagierte in Panik. Er schrie auf, riss den Hund zu sich, bog nach rechts ab und lief den Hang hinauf. Aus dem Augenwinkel sah er, wie die Vordertür aufgemacht wurde und jemand aus dem Auto sprang. Zugleich entdeckte Jonas, dass er eine leere Leine in der Hand hielt. Rajtan hatte sich losgerissen. Da konnte er aber jetzt nichts machen. In dem dichten Fichtenwald lief er um sein Leben und wartete jeden Augenblick auf das Geräusch eines Schusses.

10

Erschöpft vom Laufen stolperte Jonas schließlich und fiel gegen eine junge Fichte. Von Weitem meinte er einen Ruf zu hören, aber sein pochendes Herz übertönte alles. Nach einer Minute beruhigte sich sein Atem und er spürte, wie er gleichzeitig schwitzte und fror.

„Jonas!“

In Lovisas heller Stimme konnte er sich nicht irren. Sie klang zu nahe. Jonas richtete sich auf und sah sie zwischen den Fichten auftauchen: Rajtan und seine geliebte, aber nicht ganz einfache Lovisa. Es waren keine Verbrecher, die hinter ihnen her gewesen waren. Er sah anscheinend schon überall Gespenster. Der Dackel begrüßte ihn so freundlich, als hätten sie sich lange nicht mehr gesehen. Lovisa gab Jonas die Hand und zog ihn hoch. Sie umarmten sich wortlos. Jonas begriff nichts, war aber froh, dass sie nicht mehr wütend auf ihn war.

„Das Auto?“, fragte er und sah sie an.

„Das war Simons Mietauto. Er hat mich hierher begleitet, um nach dem Hund zu suchen.“

„Du bist also nach Hause gegangen?“

„Ja.“

Lovisa sah ihn beschämt an.

„Ich fand es sinnlos im Nebel herumzuirren und nach dem Hund zu suchen. Ich finde mich ja in der Kiesgrube nicht so gut zurecht wie du.“

„Du hättest ja auf mich warten können“, sagte Jonas mürrisch.

„Dafür war ich viel zu wütend, Jonas. Du giftest mich immer wegen des Hundes an.“

Sie verstummte und strich ihm sanft über die Haare.

„Als ich aber gesehen habe, dass du Rajtan gefunden hattest, habe ich es bereut.“

Lovisas Augen strahlten, während Jonas müde seufzte. Im Moment war ihm alles egal. Er war, nachdem was passiert war, total fertig.

„Komm!“, sagte Lovisa und nahm seine Hand. „Du zitterst ja vor Kälte. Simon wartet unten am Auto. Er hat überhaupt nicht kapiert, was in dich gefahren ist, als wir uns getroffen haben.“

Nein, dachte Jonas, als sie alle drei zum Auto gingen. Sein Verhalten muss Simon total verrückt vorgekommen sein, ohne den Grund für Jonas’ Panik zu kennen. Er schauderte, als er daran dachte, wie er die Grube zugeschüttet hatte, die Rajtan gegraben hatte.

Simon stand vor seinem gemieteten Ford Fiesta und rauchte. Der gestrige Zusammenstoß machte ihm immer noch zu schaffen. Das hatte ihn schon ein Extrapäckchen Zigaretten gekostet. Er machte einen tiefen Zug und sah die jungen Leute mit dem Hund auf sich zukommen.

„Hallo, Jonas! Ich habe gar nicht gewusst, dass du so ’ne Angst vor mir hast. Ist was Besonderes los?“

Simon grinste Jonas freundlich an, der hatte aber keine Kraft das Lächeln zu erwidern. Blass und still setzte er sich auf den Rücksitz des Autos. Lovisa und Simon sahen sich fragend an. Dann zuckte Simon mit den Schultern und machte die Zigarette unter dem Absatz aus.

„Ja, dann können wir ja nach Hause fahren“, sagte er und hielt Lovisa die Tür auf.

Nie war eine heiße Dusche so schön gewesen. Jonas schloss die Augen und genoss es in vollen Zügen, als das heiße Wasser über seinen halb erfrorenen Körper lief. Gerade eben hatte ihn seine Oma gezwungen eine Tasse heiße Brühe zu trinken. Die schmeckte zwar ätzend, hatte aber trotzdem gut getan. Er ließ das Wasser über den Kopf laufen und träumte von den sommerlichen Bädern mit Lovisa im Weiher. Heute Abend mussten sie miteinander allein sein! Gleichzeitig bekam er Schuldgefühle, als er an seine so gnadenlos abgespeisten Kumpel dachte. Dann, dachte er, dann, wenn Lovisa weggefahren ist. Aber bis dahin hatten sie ihn vielleicht schon ausgeschlossen?

Beim Abendessen war der Tisch in Ruths Küche voll besetzt, die Stimmung war jedoch ungewöhnlich ruhig. Rita saß genervt da, weil ihr Simon zu sehr nach Rauch roch. Thomas dachte über den Einbruchversuch nach. Simon sehnte sich nach einer Zigarette und Lovisa machte sich Gedanken über Jonas. Nach ihrem Spaziergang in der Kiesgrube war er nicht mehr der Alte. Jonas selbst war so schläfrig, dass er nur mit knapper Not auf dem Stuhl sitzen bleiben konnte. Nur Ruth war unbeschwert und holte eine herrlich duftende Auflaufform aus dem Ofen. Sie liebte es, wenn das Haus voller Leute war. Es war eigentlich viel zu groß für sie allein und ihren Kater Timo.

„Wann wollte dieser Mann von der Kripo kommen?", fragte Thomas.

„Ach ja! Er hat heute mehrmals angerufen und den Termin geändert. Aber ich meine, sein letztes Angebot war 21 Uhr."

Rita und Thomas tauschten Blicke aus. Das wurde ja immer schöner! Zumal sich Ruth nicht davon überzeugen ließ, dass der Mann ihr etwas vorgemacht hat. Thomas hatte nämlich bei der Polizei angerufen, wo man ihm zwar bestätigte, dass es dort einen Mann mit diesem Namen gäbe, er aber überhaupt nichts mit Einbrüchen zu tun habe. Außerdem machte man abends keine Hausbesuche, wenn es dafür nicht einen ganz besonderen Grund gäbe.

„Ich hoffe, dass du einsiehst, dass es eine Falle sein kann, Mutter!", sagte Thomas.

„Aber nein, das glaube ich nicht. Er hatte eine so nette Stimme. Erinnerte mich ein bisschen an jemanden, den ich mal kannte."

Ruth stellte die Auflaufform auf den Tisch und reichte jedem frisch gebackenes Brot aus einem Korb, der mit einem rot karierten Tuch ausgeschlagen war. Der Elchbraten, in hauchdünne Scheiben geschnitten, lag in einem Beet von Petersilie auf einer Platte. Simon spürte, wie ihm das Wasser im Mund zusammenlief. In was für einem Feinschmeckerlokal war er denn hier gelandet. Das war tausendmal besser als das Hotel, in dem er wohnte.

„Wie auch immer, wir werden uns hier im Hintergrund halten, Mutter. Wir müssen nur unsere Autos wegschaffen."

„Wofür soll das denn gut sein? Die können doch draußen auf der Straße stehen. Was spielt das für eine Rolle, ob ihr hier seid?"

In dem Moment klingelte das Telefon und Ruth ging aus der Küche.

„Jonas und Lovisa!", sagte Thomas mit leiser Stimme und beugte sich über den Tisch vor. „Wir haben die Polizei gebeten sich bei dem Nachbarn versteckt zu halten. Sie werden gegen acht Uhr dort sein."

„Was wird die schon von dort ausrichten können?", wollte Jonas wissen.

Er spürte, wie er langsam wieder munter wurde. Das könnte sich ja direkt zu einem spannenden Abend entwickeln.

„Wir rufen an, sobald der Mann sich diesem Haus nähert."

„Anrufen? Kann die Polizei uns denn kein Funkgerät leihen?", meinte Jonas.

„Die Gefahr ist, dass der Mann vielleicht auch eins hat. Es ist ja heutzutage nicht besonders schwierig eins zu ergattern."

„Meinst du wirklich, dass er kommt, wenn doch in den letzten Tagen so viele Leute hier gewesen sind?", fiel Rita ein.

„Vielleicht, vielleicht auch nicht. Es ist nicht anzunehmen, dass er seit Sonntag hier gewesen ist, und dann hat er ja nichts gesehen. Dass er in einem fort den Termin ändert, zeigt doch auch, dass etwas nicht stimmt."

„Was sollen wir machen?", fragte Lovisa, die bis jetzt still gesessen hatte.

„Ihr dürft euch ins obere Stockwerk verdrücken und das Licht ausmachen. Von dort aus habt ihr einen guten Blick auf die Einfahrt und auf die Straße. Ihr werdet ein Handy von mir bekommen, mit dem ihr anrufen könnt, sobald ihr etwas seht. Aber das Wichtigste wird wohl sei, Rajtan ruhig zu halten."

„Das wird nicht leicht werden", sagte Rita und lachte. „Sie steht auf verdächtige Fremde."

Das ist vielleicht ein cooler Job, seufzte Jonas. Aber warum nicht? Lovisa würde bei ihm sein – in einem dunklen Zimmer. Sein Wunsch würde also in Erfüllung gehen ... Außerdem hatten sie ja schon früher mal zusammen auf der Lauer gelegen. Also doch nicht so trübe Aussichten. Zum ersten Mal seit heute Morgen lächelte er Lovisa an und nahm sich noch eine große Portion von dem dampfenden Kartoffelauflauf.

„Simon, Rita und ich verstecken uns in Großvaters Büro", fuhr Thomas fort. „Von dort aus hören wir ..."

„Entschuldigt mich!", sagte Ruth und betrat im gleichen Augenblick die Küche.

„Was für ein fantastischer Auflauf!", sagte Rita und lächelte Ruth an.

„Ja, und der Elchbraten schmeckt super", fügte Simon hinzu.

„Das freut mich! Es freut mich sehr, dass euch das Essen schmeckt", rief sie aus und schlug auf ihre lustige Art die Hände zusammen.

Lovisa konnte sich schon wieder kaum das Lachen verkneifen. Tante Ruth hatte etwas an sich, das sie unheimlich heiter stimmte.

„Wer hat denn angerufen?“, fragte Thomas.

„Ach, es war wieder dieser Kripomensch, der meinte, es könnte auch etwas später werden. Er muss zuerst noch ein paar andere wichtige Dinge erledigen.“

„Wie spät denn?“, wollte Thomas wissen und seine scharfe Stimme verriet ihn fast.

Ruth sah ihn erstaunt und etwas abwesend an. Sie hatte vor Aufregung rote Flecken auf den Backen und Lovisa dachte, dass Tante Ruth als Mädchen bestimmt sehr hübsch gewesen sein muss.

„Ach was, nur eine Viertelstunde oder so. Ich habe ihm gesagt, dass ich gegen zehn Uhr ins Bett gehe.“

„Au Backe! Das ist vielleicht eine Information! Dann wird er wohl genau um diese Zeit kommen“, sagte Thomas, der seine Besorgnis nicht verhehlen konnte.

„Beruhige dich, Thomas!“, sagte Rita. „Wir sind tatsächlich ganze fünf Personen hier, die alle nicht auf den Kopf gefallen sind. Nimm dir lieber was von der Nachspeise.“

Nach dem Essen ging Simon hinaus und Rita folgte ihm. Die Halskrause um Simons Hals erinnerte Jonas daran, dass er ihm unbedingt noch von seiner Entdeckung erzählen wollte. Er lief ihm in den Flur nach, hielt aber inne, als er laute Stimmen auf der anderen Seite der Tür hörte.

„Du solltest nicht so viel rauchen, Simon!“, sagte Rita.

„Hör auf! In Anbetracht der Umstände ist es doch

kein Wunder, wenn ich etwas Trost brauche. Du bist ja nicht gerade eine aufopferungsvolle Krankenschwester."

„Und wie stellst du dir das vor, wie ich dazu Zeit haben sollte? Ich habe einen Job und den will ich gut machen, auch wenn es dir schwer fällt, das zu begreifen."

„Du arbeitest doch nicht Tag und Nacht!"

„Und was erwartest du von mir? Was soll ich tun?"

„Ein bisschen fürsorglicher sein, vielleicht", sagte er etwas unsicher. „Meinen wunden Nacken massieren statt darüber zu jammern, dass ich rauche. Du meckerst in letzter Zeit überhaupt viel zu viel an mir herum!"

Jonas wollte nicht mehr mit Simon reden. Er senkte die Hand, die er schon nach der Türklinke ausgestreckt hatte, drehte sich um und fuhr zusammen. Lovisa stand direkt hinter ihm und ihr Gesicht leuchtete kreideweiß in der Dunkelheit.

„Hast du mich erschreckt", sagte er. „Ich habe dich nicht kommen hören."

Als sie nicht antwortete, nahm er ihre Hand und zog sie an sich.

Sie weinte leise an seiner Schulter. Er streichelte ihr langsam übers Haar.

„Es ist doch gar nicht so schlimm, Lovisa", flüsterte er. „Wenn man sich streitet, bedeutet das doch manchmal auch, dass man sich um den anderen sorgt."

„Aber sie streiten so oft."

Darauf hatte Jonas keine Antwort. Lovisa bekam ja von Rita und Simon mehr mit als er. Dann hatte er aber einen Geistesblitz.

„Wir streiten uns doch auch oft", sagte er und zwang

sie dazu, ihm in die Augen zu schauen. „Und wir mögen uns doch, oder?“

Er brachte sie tatsächlich dazu, den Mund leicht zu verziehen. Den Mund, den er so gern küsste. Er beugte sich vor und suchte ihre Lippen, die von den Tränen ganz salzig waren. Als sein Kopf gerade in ihren langen weichen Haaren verborgen war, sprang der Dackel heftig gegen ihre Beine und winselte. Jonas hätte den Hund erwürgen können!

„Komm! Gehen wir dieses Handy von meinem Vater holen. Und lass uns dann gleich unsere Positionen einnehmen.“

Lovisa hatte keine Einwände. Sie ließ sich von Jonas wegführen, als hätte sie keinen eigenen Willen mehr. Sie wollte hier nicht stehen bleiben, auch wenn es hinter der Tür still geworden war. Lovisa wünschte sich, dass die Stille bedeutete, dass Simon und Rita sich gerade küssten, genauso wie sie und Jonas es gerade getan haben.

11

Am Abend hing der Nebel immer noch schwer über der Gegend, aber man konnte trotzdem die einzige Straßenlaterne und ein Stück Weg vor dem Haus erkennen. Die Autos standen nicht mehr in der Einfahrt und nur noch zwei Fenster im Erdgeschoss waren erleuchtet. Der Kater Timo räkelte sich behaglich auf dem Sofa im Wohnzimmer, während Ruth im Sessel daneben mit ihrem Strickzeug beschäftigt war. Timo beobachtete verschlafen das Knäuel, das sich jedes Mal bewegte, wenn Ruth die Wolle anzog, hielt aber die Pfoten gemächlich unter der Brust gefaltet. Ruth überlegte, warum alle so früh ins Bett gegangen waren. Waren sie denn nicht daran interessiert, den netten Mann von der Kripo zu treffen?

Die Wohnzimmeruhr schlug acht langsame Schläge, die durch den Boden in dem Zimmer, wo Jonas auf einem Stuhl vor dem Fenster saß, zu hören waren. Lovisa lag halb auf dem Boden, Rajtan neben sich. Noch schlief der Hund ruhig, ganz erschöpft von den Irrläufen in der Kiesgrube.

„Komisch, dass Tante Ruth überhaupt nicht durchblickt“, sagte Lovisa und kraulte den Dackel am Bauch.

„Oma denkt von allen Menschen nur das Beste. Einmal borgte sie einem Nachbarn, dem es gelungen war sie von seiner Notlage zu überzeugen, Geld. Dann haute er ab und sie sah ihr Geld nie wieder. Letzten Sommer fragte ich sie, ob sie so etwas wieder machen würde, und dann hat sie ‚Freilich!' gesagt."

Lovisa musste lachen. Ihr gefiel es, dass jemand so frei von Misstrauen war. Sie selbst fand es schwer überhaupt irgendjemandem zu vertrauen.

„Mein Vater weiß schon, dass sie, wenn er ihr seine Idee aufzwingt, die ganze Sache sabotieren würde, indem sie den Mann warnt", sagte Jonas. „Er muss auf frischer Tat erwischt werden, wenn es klappen soll."

„Jonas, bald sind die Ferien zu Ende. Wann sehen wir uns das nächste Mal?"

„Ich muss versuchen nach Weihnachten freizubekommen. Vielleicht kann ich nebenbei etwas jobben, um das Geld für die Reise zusammenzukriegen."

Jonas glitt auf den Boden und legte seine Arme um Lovisa. Er küsste sie im Nacken und sie kicherte, weil es sie kitzelte. Dann entzog sie sich ihm und erinnerte ihn an ihren Auftrag.

„Ach was. Es ist ja erst acht Uhr. Wir haben jede Menge Zeit ..."

Er verstummte, als Rajtan in diesem Moment den Kopf hob. Bald darauf hörten sie ein Knirschen. Lovisa legte die Hand über die Schnauze des Hundes, während Jonas sich zum Fenster warf und rausspähte, bis ihm die Augen brannten. Noch einmal checkte er die Uhrzeit ab: Viertel nach acht. Und wenn die Polizei es noch nicht bis ins Nachbarhaus geschafft hatte? Er fühlte mit der Hand in der Tasche nach dem Handy, holte es heraus und legte es aufs Fensterbrett.

Jetzt tauchten zwei Personen unter der Straßenlaterne auf. Jonas bekam einen Heidenschreck und Lovisa hatte alle Hände voll zu tun den Hund zu beruhigen.

„Was soll ich machen? Lovisa! Es sind Jens und Linn, die mit dem Moped hierher gefahren sind!"

„Aha", sagte Lovisa. „Wie nett für dich!"

„Hör auf! Peinlich, das sie gerade jetzt kommen müssen. Ich muss runterlaufen. Stell dir vor, mein Vater ruft die Polizei!"

Jonas schoss hinaus und stürzte die Treppe hinunter. Unten im Flur begegnete er seiner Großmutter, die ihn verdutzt anschaute.

„Bist du noch auf, Jonas?"

„Ja, Oma. Zwei Kumpel von mir stehen vor der Tür."

Jonas redete absichtlich mit lauter Stimme, damit Thomas, Rita und Simon im Büro hören sollten, was er sagte.

„Was soll ich tun?"

„Bitte sie doch kurz herein", schlug seine Großmutter vor. „Es ist ja noch gar nicht spät."

Der Gedanke durchkreuzte Jonas' Kopf wie ein Blitz. Dieser Ausweg war ihm noch gar nicht eingefallen. Es war vielleicht das Beste, wenn Jens und Linn jetzt besser nicht zurückfuhren und die Ruhe störten.

„Danke, Oma! Wir gehen gleich in mein Zimmer, damit wir dir nicht im Weg sind."

„Das macht doch nichts. Ich habe gern Leute um mich herum."

Jonas machte im gleichen Moment die Tür auf, als Jens die Klingel drückte. Sie starrten sich an.

„Hallo! Wollte nur mal checken, wie es dir geht“, sagte Jens.

Er nahm den Helm ab und grinste Jonas fröhlich an.

„Stellt eure Mopeds um die Ecke und kommt rein“, zischte Jonas im Befehlston.

Jens schaute ihn verdutzt an, trottete aber die Treppe wieder runter. Er machte Linn ein Zeichen und sie zogen die Mopeds um die Hausecke, wo nicht weniger als drei Autos an der Hauswand parkten. Linn und er sahen sich fragend an und gingen zurück zum Eingang. Jonas ließ sie herein und beeilte sich die Tür hinter ihnen zu schließen.

„Nein. Legt nicht hier ab. Kommt, wir gehen zu mir nach oben.“

Linn und Jens zogen jedoch wenigstens die Schuhe aus und liefen in Strümpfen, die Helme in der Hand, die Treppe hinauf ins obere Stockwerk. Die Treppe lag im Dunkeln, aber Jonas machte das Licht nicht an. Im oberen Flur liefen sie im Dunkeln weiter, bis Jonas eine Tür aufmachte und sie eintreten ließ.

Rajtan stürzte sich auf die Neuankömmlinge, und da Linn und Jens zunächst nicht sahen, wo sie waren, schreckten sie ängstlich zurück.

„Macht euch keine Sorgen. Rajtan will euch nur begrüßen“, sagte Jonas. „Ihr könnt die Klamotten aufs Bett legen.“

Zuerst sahen sie fast gar nichts, da sich ihre Augen erst an die Dunkelheit gewöhnen mussten. Aber bald konnten sie im schwachen Licht der Straßenlaterne Lovisa vorne am Fenster ausmachen.

„Was zum Teufel treibt ihr hier?", flüsterte Jens, der vom Ernst der Stunde angesteckt worden war.

„Spielt ihr etwa das Mörderspiel?"

„Wartet", sagte Jonas. „Lovisa, das hier sind meine Kumpel, Linn und Jens. „Und das ist ... das ist ... meine Freundin, Lovisa."

Er zog sie vom Fenster weg und stellte sie ihnen vor.

„Hallo", grüßte Lovisa und versuchte zu lächeln, auch wenn sie verärgert war.

Aha, dachte Jens. Das ist also der Grund, warum Jonas sich zurückgezogen hatte. Aber warum hat er denn nichts gesagt?

Es ist, wie ich es mir gedacht habe, dachte Linn und fuhr sich mit der Hand durch ihre kurz geschnittenen Haare. Sie ist ziemlich hübsch, vielleicht ein bisschen zu dürr. Aber Jonas hätte es doch der Clique erzählen können. Das wäre fairer gewesen, als seine Oma vorzuschieben. Eine peinliche Stille breitete sich im Zimmer aus. Jonas spürte, dass er seinen Freunden eine Erklärung schuldig war. Hier saßen sie nun alle vier auf dem Boden, mit dem Hund in der Mitte. Lovisas lange Haare verbargen ihren Gesichtsausdruck. Mit einem Ohr zum Fenster erzählte Jonas in kurzen Sätzen, was los war.

„Stark, eh!", meinte Jens.

„Trottel!", sagte Jonas. „Ihr hättet ja mit verhaftet werden können."

„Ach was! Wir hatten ja Helme auf", sagte Jens und grinste wieder.

„Wir haben dich vermisst, Jonas", sagte Linn. „Es war

nicht in Ordnung, dass du dich plötzlich so rar gemacht hast. Du hättest doch etwas sagen können."

„Ja", sagte Jonas und schielte zu Lovisa. „Das hätte ich machen können."

„Es ist doch kein Verbrechen seine Freundin zu treffen", meinte Linn und fuhr durch ihre vom Helm zerzausten Haare. „Aber du hättest es uns erzählen sollen. Ich hatte null Ahnung, dass du eine Freundin hast."

Lovisa sah bestürzt von den anderen zu Jonas.

„Meint sie, dass du in diesen zwei Jahren überhaupt nicht erwähnt hast, dass wir uns kennen? So viel bedeute ich dir also?"

In diesem Moment klopfte es an der Tür. Jonas' Großmutter trat mit einem großen Teller voller Zimtschnecken ein.

„Meine Güte! Ihr sitzt ja völlig im Dunklen, Kinder ... meine Lieben", sagte sie und machte die Deckenbeleuchtung an.

Linn blinzelte ins Licht, sah dann aber neugierig Lovisa an, die sich vorbeugte um nicht zu zeigen, dass sie Tränen in den Augen hatte. Jonas hatte seinen besten Freunden kein Wort von ihr erzählt. Obwohl sie ineinander verknallt waren, seit sie dreizehn waren. Das konnte doch nur eins bedeuten.

„Ach bitte, Oma, mach das Licht nicht an! Wir spielen gerade ein Spiel, bei dem es dunkel sein muss", sagte Jonas.

Er nahm das noch warme Gebäck entgegen und es gelang ihm, seine Großmutter wieder sanft durch die Tür hinauszuschieben. Dann machte Jonas das Licht wieder aus. Sein Herz schlug aufgeregt in seiner Brust. Wie sollte er aus der Patsche wieder herauskommen? Er wusste es selber nicht, warum er nichts gesagt hatte. Aber Lovisa gehörte irgendwie zu seinen Sommerferien. Sein Winterleben beinhaltete ganz andere Dinge. Es war doch überhaupt nichts dabei! Das Schlimme war nur, dass Lovisa keine anderen Interessen hatte.

Rasch ging er zum Fenster und warf einen Blick auf die Straße. Der grüne Lichtpunkt des Handys auf der Fensterbank leuchtete ihm entgegen. Dieses Problem musste warten. Jetzt hatten sie einen Auftrag.

Jens und Linn verdrückten je eine Zimtschnecke, nur Lovisa wollte keine. Sie streichelte Rajtan immer wieder über den Rücken und kämpfte mit den Tränen.

„Wir sind eigentlich gekommen, um zu fragen, ob du ... ob ihr am Freitag mit in die Disco kommen möchtet", sagte Jens. „Es ist ab vierzehn. Das heißt, dass die Kleinen diesmal nicht reindürfen." Eine neue Stille entstand, die nur unterbrochen wurde, weil der Dackel tief unten im Hals zu knurren begann. Lovisa zog Rajtan an sich, spürte aber, dass sie wie eine Stahlfeder gespannt war. „Jetzt geht es los!", flüsterte Jonas.

Wie aus dem Nebel hervorgezaubert glitt ein schwarzes Auto ins Licht der Straßenlaterne. Jonas fummelte nervös an dem Handy herum und beim zweiten Versuch gelang es ihm, Thomas zu erreichen.

„Er steigt jetzt aus dem Auto! So weit ich sehen kann, ist er allein."

Jens kam an seine Seite und zusammen beobachteten sie, wie der Mann sich auf dem Vordersitz vorbeugte und eine weiße Mappe nahm, die er sich unter den Arm klemmte. Er wühlte nach etwas in seiner Manteltasche und sah zum Haus hinauf. Jonas zog Jens schnell vom Fenster weg. Rajtan stöhnte und knurrte, als sie daran gehindert wurde zu bellen. Ein Fremder war im Anzug und der einzige Gedanke des Hundes war, alle darauf aufmerksam zu machen.

Sie hörten die Klingel unten läuten, aber nichts passierte. Die Großmutter nahm sich viel Zeit. Sie musste erst an dem Flurspiegel vorbei und ihre Haare richten. Ein Geräusch aus dem Arbeitszimmer ließ sie umkehren. Aber kurz darauf schaute der Kater um die Ecke und sie beschimpfte ihn mit freundlicher Stimme.

„Du darfst mich nicht so erschrecken! Schäm dich, Timo!"

Es läutete wieder an der Tür. Diesmal etwas länger. Ruth richtete noch eine letzte Locke auf der Stirn und nickte sich zufrieden zu. Dann ging sie zur Tür.

Oben im Zimmer klebte Jonas am Fenster. Warum ließ die Polizei so lange auf sich warten? Waren die Polizisten auf ihrem Posten eingeschlafen? Andererseits durften sie nicht zu früh kommen. Sonst würde der Mann den Braten riechen und versuchen zu fliehen.

Lovisa kämpfte mit dem Hund. Der Dackel wurde mit jedem Läuten aufgeregter und versuchte mit immer neuen Tricks sich freizumachen.

Unten machte Ruth jetzt die Tür auf. Sie konnten hören, wie sich die Stimmen miteinander vermengten. Linn stand auf und schlich sich zu den Jungs am Fenster. Die Haustür schlug zu. Jonas versuchte sich zu beruhigen, in dem er an die drei dachte, die da unten Wache hielten. Sie würden nicht zulassen, dass der Mann seiner Großmutter etwas tat. Aber was wäre, wenn sie nicht rechtzeitig bei ihr waren ...?

12

Nach einigen Sekunden, die ihnen wie eine Ewigkeit vorkamen, hörten sie erneut ein Motorengeräusch draußen auf der Straße.

„Schaut! Das müssen die Bullen sein!"

Jens stieß die Worte im Halbliegen vor der Fensterbank aus. Ein weißer Wagen rollte neben das schwarze Auto, hielt und zwei Personen sprangen heraus: ein Mann und eine Frau. Sie liefen zum Haus, wo Rita und Thomas hoffentlich zur Stelle waren, um sie hereinzulassen.

Jonas widerstand der Versuchung die Treppe hinunterzustürzen, um bei der Verhaftung dabei zu sein. Sie hörten die Tür zuschlagen, gefolgt von lauten Stimmen und gewaltigem Lärm. Es klang, als würde irgendein Möbelstück über den Boden gezogen werden. Lovisa lauschte so gespannt, dass sie einen Augenblick lang die Kontrolle über den Dackel verlor. Rajtan entwand sich ihrem Griff und raste mit lautem Gebell zur Tür.

„Wollen wir ihr aufmachen?", fragte Jonas. „Sie kann vielleicht unten helfen?"

In diesem Moment hörten sie von unten ein Pfeifen. Lovisa lief zur Tür, machte sie auf und ließ den Dackel davonrennen.

„War das denn nötig?", fragte Jens. „Es sind doch jede Menge Leute unten."

Aber Lovisa war sich ihrer Sache sicher. Rita pfiff nicht ohne Grund nach ihrem Hund.

„Komm! Wir düsen nach unten", sagte Jonas, der sich nicht mehr zurückhalten konnte.

Die Jungs verließen das Zimmer ohne danach zu fragen, ob die Mädchen mitkommen wollten. Flüche und Rufe drangen in den oberen Flur herauf, als die beiden die Treppe hinunterschlichen. Vom unteren Teil der Treppe konnten sie ins Wohnzimmer hineinschauen. Jonas holte tief Luft. Er erriet sofort, was passiert war: Der Mann hat seine Großmutter als Geisel genommen, als er von der Polizei überrascht worden war. Er war sehr nervös, fuchtelte mit einer Pistole in der Luft herum und drohte zu schießen, falls jemand einen Schritt näher kam.

Oben im Zimmer blieben Lovisa und Linn zurück. Im blassen Licht der Straßenlaterne musterten sie sich verstohlen. Beide waren etwas verlegen und an dem Drama, das sich unten abspielte, kaum beteiligt. Lovisa sehnte sich danach, Linn Dinge über Jonas zu fragen, traute sich aber nicht.

„Du", sagte Linn zögernd. „Mach dir nichts draus, dass Jonas nichts von dir erzählt hat. Jungs denken an so was nicht. Ich selbst hätte es nie für mich behalten können, aber Jungs sind da anders. Sie gehen mit so was irgendwie anders um."

„Aber wir gehen miteinander, seit wir dreizehn sind", wandte Lovisa ein.

„So lange! Aber die Zeit spielt wahrscheinlich keine Rolle", sagte Linn und sah durchs Fenster hinaus. Sie konnte Lovisa verstehen, wusste aber auch, dass Jonas sich nichts Böses dabei gedacht hatte, als er die Existenz seiner Freundin für sich behalten hat.

Als Lovisa nicht antwortete, fuhr sie fort: „Jonas ist dir jedenfalls treu gewesen. Er hat seine ganze Freizeit mit unserer Clique verbracht."

„Bist du dir da sicher?", fragte Lovisa und schaute hoch.

Linn nickte. „Natürlich hat es Mädchen gegeben, die auf Jonas standen, aber er hat sich nichts daraus gemacht."

„Und was ist mit dir? Und Tina?"

„Wir sind nur total gute Freunde. Ich empfinde überhaupt nichts für Jonas. Und Tina hat schon einen Freund."

Es war vielleicht verrückt, aber Lovisa fühlte sich seltsam erleichtert. Jonas hat keine andere. Er hat nur andere Sachen gemacht. Sie schämte sich für ihre heftige Reaktion.

Linn sah Lovisa an und lächelte ihr zu. Sie spürte, dass sie das Mädchen besser kennen lernen wollte.

„Glaubst du mir nicht?", sagte Linn und lehnte sich vor, damit ihr Gesicht ganz nah an Lovisas war.

„Doch", sagte Lovisa und begegnete ihrem Blick. „Ich glaube dir."

„Dann kannst du doch am Freitag mitkommen?", sagte Linn. „Ich würde mich freuen, wenn du mitkommst. Jonas muss sowieso tanzen üben."

„Ja, vielleicht", sagte Lovisa und kicherte leicht. „Er ist nicht gerade ein Ass im Tanzen."

Sie dachte an die Disco in Växjö*, wo er plötzlich abgehauen war. Und jetzt würde es ihr direkt Spaß machen den Rest der Clique zu treffen.

Unten im Wohnzimmer war sich der falsche Kriminalbeamte sicher die Sache voll im Griff zu haben. Aber da hatte er die Rechnung ohne Rajtan gemacht. Der Hund kümmerte sich nicht um irgendwelche verbalen Drohungen. Der Dackel knurrte unheilverkündend, attackierte immer wieder den Mann und versuchte nach seinem Bein zu schnappen.

Jonas befürchtete, dass der Mann jeden Augenblick auf den Hund schießen würde. Stattdessen hüpfte der Mann aber herum und versuchte Rajtans nadelspitzen Zähnen zu entkommen. Es sah direkt komisch aus. Die zwei Polizisten und Rita und Thomas schienen die Sache ziemlich leicht zu nehmen und Simon verzog sogar den Mund zu einem Lächeln.

„Warum tun sie denn nichts?", fragte Jens flüsternd. Jonas aber legte den Finger auf den Mund und kauerte sich auf die Treppe.

Jens hat Recht, dachte Jonas. Irgendwas stimmte hier nicht. Als der Mann eine ganze Weile herumgetanzt war und von Rajtan mehrmals gezwickt worden war, hatte er offensichtlich genug.

„Zum Teufel mit dem Hund! Ich gebe auf!", schrie er.

„Werfen Sie die Waffe hierher!", erwiderte einer der Polizisten.

*) Siehe Verbotene Feuer, Bd. 1

Entnervt schmiss der Mann die Pistole über den Boden und der Polizist hob sie auf und nickte Rita zu.

„Rajtan! Jetzt ist es aber gut! Komm zu mir!"

Der Dackel zog sich knurrend zurück und lief zu seinem Frauchen. Sofort waren die Polizisten zur Stelle und nahmen den Mann fest, während Simon sich um Ruth kümmerte, die tatsächlich etwas blass im Gesicht geworden war. Er legte den Arm um sie, führte sie in die Küche und holte die Whiskyflasche aus der Speisekammer. Jetzt war sie an der Reihe einen stärkenden Schluck zu bekommen.

Jens und Jonas schlichen wieder die Treppe hinauf. Es waren genug Leute unten im Flur. Aber sie hatten jedenfalls die Auflösung miterlebt. Jonas schüttelte den Kopf. Einiges hatte er nicht ganz begriffen, aber er würde es bestimmt früh genug erfahren. Aber oben im Zimmer musste er noch ein viel kniffligeres Problem lösen. Wie sollte er Lovisa begreiflich machen können, warum er nichts von ihr erzählt hatte, wenn er es nicht einmal selbst verstehen konnte?

Als sie die Tür aufmachten, sahen sie die Mädchen zuerst nicht. Dann entdeckte sie Jonas auf dem Bett, die Köpfe eng zusammengesteckt und kichernd. Er war zwar über den Szenenwechsel erleichtert, hatte aber irgendwie das unangenehme Gefühl, dass sie über ihn lachten.

Jens ging zum Fenster und Jonas folgte ihm. Sie kamen gerade rechtzeitig, um zu sehen, wie die Polizei den Mann zum Auto abführte. Er leistete kaum Widerstand, sondern folgte willig den Polizisten.

„Das war vielleicht ein Kerl!“, sagte Jonas.

Er wollte nicht einmal daran denken, was hätte passieren können, wenn seine Großmutter allein zu Hause gewesen wäre.

„Wir müssen jetzt langsam nach Hause“, sagte Jens nach einer Weile.

Er ging zu Linn und legte ihr die Hand auf die Schulter.

„Komm schon, bevor sie nach uns fahnden.“

Jonas begleitete sie hinaus. Er blieb auf der Haustreppe stehen und sah, wie sie wegfuhren und von dem noch dichten Nebel verschlungen wurden. Trotz des Motorengeknatters bemerkte er, dass Lovisa gekommen war und sich ganz dicht hinter ihn gestellt hatte. Er blieb eine Weile regungslos dort stehen, nachdem Linn und Jens weggefahren waren. Dann spürte er plötzlich Lovisas Arme um sich und er drehte sich um. Was war denn passiert? War sie denn nicht mehr auf ihn sauer?

„Ich habe gesagt, dass wir am Freitag mitkommen“, sagte Lovisa und gab ihm einen Kuss auf die Nase. „Auch wenn du Tanzen nicht ausstehen kannst.“

„Das wird schon werden, wenn du dabei bist“, flüsterte Jonas und umarmte sie.

Sie roch gut und betrübt erinnerte er sich daran, dass sie bald wieder fahren würde. Nur drei Tage blieben ihnen noch. Er zog sie noch heftiger an sich, als würde er sie für ewig festhalten wollen.

„Du darfst nicht von mir wegfahren“, flüsterte er.

Auch Lovisa spürte bei dem Gedanken einen Stich in der Brust. Bald würden sie wieder voneinander getrennt sein. Sie erwiderte seinen Kuss und die Welt um sie herum schien in der Ferne zu verschwinden.

„Hallo, Kids!"

Simons Stimme rief sie auf die Erde zurück.

„Ach, ich bitte vielmals um Entschuldigung. Ich bin wohl unpassend gekommen. Kommt in die Küche, wenn ihr fertig seid."

Er machte lachend hinter sich die Tür zu.

„Wir hauen ab!", sagte Jonas.

Aber Lovisa schüttelte sachte den Kopf und lächelte.

„Ich kann nicht von Rita weggehen, Jonas. Das verstehst du doch."

In der Küche brannten ein paar Kerzen auf dem Tisch, an dem Ruth zusammen mit ihrem Sohn, Rita und Simon saß. Jonas und Lovisa nahmen auf je einem Stuhl Platz.

„Ihr habt mich alle hereingelegt", seufzte Ruth.

Sie sah wirklich gekränkt aus.

„Aber Mutter", sagte Thomas. „Wir haben uns tatsächlich sehr bemüht, dich in unseren Plan einzuweihen."

„Wir haben ja nicht einmal Zeit gefunden uns miteinander zu unterhalten", sagte Ruth, als hätte sie Thomas nicht gehört.

„Bist du dir so sicher, dass er sich nur unterhalten wollte", meinte Simon schmunzelnd.

„Was hat er dann mit der Waffe gewollt?"

„Ich bin jedenfalls froh, dass du nicht in deinem eigenen Haus ausgeraubt worden bist", sagte Thomas.

Seine Mutter wirkte davon nicht ganz überzeugt.

„Warum habt ihr ihn euch nicht gleich geschnappt?“, fragte Jonas.

„Wir waren nie in Gefahr, Jonas“, erklärte ihm Rita. „Die Polizisten haben gleich gesehen, dass es sich um eine Spielzeugpistole gehandelt hat und dann durfte Rajtan den Rest erledigen. Es ist nicht das erste Mal, dass dieser Knabe mit der Polizei in Kontakt war. Er hat sich darauf spezialisiert alte Damen auszurauben.“

„Du hast wirklich große Ähnlichkeit mit deinem Vater, Rita“, sagte Ruth.

„Habe ich?“, fragte Rita und errötete sogar leicht dabei. „Schade, dass ich ihn nie treffen durfte.“

„Liebes Kind! Ich werde Photos herausholen und dir ein bisschen von ihm erzählen“, sagte Ruth und sah sehr zufrieden aus.

Die Stimmung um den Tisch wurde immer heiterer und die Großmutter schien schließlich, wenn auch widerwillig, einzusehen, dass sie noch mal heil davongekommen war.

„Dann können wir ja endlich ins Bett gehen“, sagte Simon und verkniff es sich zu gähnen.

„Nein“, sagte Jonas und sein Herz begann schneller zu schlagen. „Noch nicht.“

Alle um den Tisch drehten sich verdutzt zu ihm um. Er spürte Lovisas fragenden Blick und reichte ihr unter dem Tisch die Hand. Im gleichen Moment schlug die Uhr im Wohnzimmer zehn. Der Kater Timo lugte vorsichtig in die Küche, verschwand aber beim Anblick von Rajtan, die sich gemächlich auf dem Boden ausgestreckt hatte, sofort wieder. Jonas wartete geduldig, bis die Uhr zu Ende geschlagen hatte. Dann sah er hoch und begegnete Simons fragendem Blick.

„Ich habe noch etwas zu erzählen“, sagte er.

13

Am nächsten Morgen war der Nebel endlich dem zunehmenden Wind gewichen. Die Sonne schien hinter den letzten, dünnen Nebelschwaden hervor und die Luft ließ sich leicht einatmen. Simon saß zusammen mit Jonas in seinem gemieteten Ford Fiesta vor Ruths Haus. Sie warteten auf das zivile Auto der Polizei, das sie zur Kiesgrube und dem seltsamen Fund fahren sollte. Auf dem Rücksitz saß Rajtan und spähte durch die Scheibe. Ab und zu winselte sie ungeduldig. Würde nicht endlich was passieren?

Jonas hatte nicht protestiert, als Rita vorschlug, dass er den Dackel mitnehmen sollte. Rajtan war ja tatsächlich sein einziger Zeuge, auch wenn der Hund nicht sprechen konnte. Vielleicht würde er ihm helfen die Stelle wieder zu finden? Jonas war sich nämlich nicht ganz sicher, dass er sie wieder erkennen würde. Es gab so viele Stellen in der Kiesgrube, die ähnlich aussahen, und die Fichten waren alle zur gleichen Zeit gepflanzt worden.

„Es ist doof, dass deine Jacke rot ist", sagte Jonas. „Die kann man von Weitem sehen."

„Sorry, aber ich habe keine andere dabei. Aber wir wollen doch nur ein Nummernschild ausgraben. Das ist doch nichts, wofür man sich verstecken muss."

Da sei du dir nicht so sicher, dachte Jonas, aber er sagte nichts.

„Warum wollte denn Lovisa nicht mitkommen?“, fragte Simon und fummelte nach der Zigarettenschachtel.

„Sie wollte ihren geliebten Pontus treffen.“

„Bist du etwa eifersüchtig?“, fragte Simon und vergaß die Lust aufs Rauchen.

„Aber wirklich nicht. Pontus ist ein Pferd! Lisa ist es echt gelungen Lovisa mit ihrem Pferdetick anzustecken.“

„Was du nicht sagst!“, lachte Simon.

„Das wirst du schon sehen, wenn erst mal ein Pony in der Kapelle steht. So was kann immer nur schlimmer werden!“

Jonas stöhnte bei dem Gedanken, obwohl er es sich erst noch vor einem Tag gewünscht hat, dass Lovisa außer ihm ein paar zusätzliche Interessen haben würde. Würde sie jemals Zeit für ihn haben, wenn sie sich ein Pferd zulegte?

Ein schwarzes Auto tauchte im Rückspiegel auf und sie stiegen aus dem Auto. Jonas öffnete die hintere Tür und packte Rajtans Leine mit einem festen Griff, bevor er den Dackel auf die Straße springen ließ. Simon und Jonas begrüßten die zwei Polizisten in Zivil und dann nahmen alle drei auf dem Rücksitz Platz.

Während das Auto langsam in Richtung Kiesgrube fuhr, wiederholte Jonas den zwei Kriminalbeamten seine Erzählung. Er beschrieb ihnen alles frei aus dem Gedächtnis, so sorgfältig er nur konnte, und versuchte kein einziges Detail außer Acht zu lassen.

„Neue Autos, sagst du?“, unterbrach ihn einer der Polizisten. „Hast du mehrere gesehen?“

„Ja, das erste Mal, als wir da waren, parkte ein nagelneuer Luxusschlitten in der Kiesgrube", sagte Jonas. „Ich dachte gleich, dass da etwas nicht stimmen konnte."

Die ersten jungen Fichten umsäumten den Weg, als das Auto in die Kiesgrube hineinfuhr. Jonas warf einen Blick durch die Scheibe und holte gleichzeitig tief Luft. Die Antwort kam ihm plötzlich wie eine Eingebung vor. Dass ihm das nicht schon vorher aufgefallen war!

„Was heißt, dass da etwas nicht stimmt?", fragte der Polizist.

„Es hatte keine Nummernschilder", sagte Jonas.

Auf dem Vordersitz tauschten die beiden Polizisten Blicke aus. Derjenige, der fuhr, hielt an und machte den Motor aus. Die Sache schien sich zu etwas viel Ernsterem zu entwickeln, als sie anfangs angenommen hatten.

„Es sieht so aus, als würde es sich nicht nur um einen Autodieb handeln, der sich eines Mordversuchs schuldig gemacht hat", sagte der Fahrer und sah seinen Kollegen zögernd an. „Kann es möglicherweise ..."

Es wurde für einen Augenblick still. Dann ergriff der andere Polizist das Wort und verriet, dass sie seit geraumer Zeit einer Organisation hinterher waren, die sich darauf spezialisiert hat, neue Autos zu stehlen um sie dann im Osten weiterzuverkaufen. Jede Menge neuer Autos sind spurlos verschwunden. Jonas dachte sofort an das neue Auto, das Jennys Eltern vorige Woche geklaut worden war.

„Aber wir haben in dieser Gegend überhaupt nicht gesucht", fuhr der Polizist fort. „Unsere Nachforschungen haben in der Nähe des Hafen von Gävle stattgefunden. Wenn es so ist, wie wir meinen, müssen wir äußerst vorsichtig vorgehen. Unser Risiko ist viel zu groß, wenn wir einfach an Ort und Stelle auftauchen. Diese Männer sind nämlich nicht gerade von der harmlosen Sorte."

Simon nickte. Die Erinnerungen vom Zusammenprall tauchten wieder in ihm auf. Der Volvo war funkelnagelneu gewesen und der Fahrer hatte nicht davor zurückgeschreckt ihn zu überfahren.

Während die Polizisten redeten, fing Jonas' Herz an immer schneller zu schlagen. Seine Gedanken gingen in eine andere Richtung als die von Simon. Was war eigentlich mit dieser mysteriösen grünen Stelle, die er vom Flugzeug aus gesehen hatte? Könnte es da einen Zusammenhang geben?

Lovisa saß, so aufrecht sie konnte und bemühte sich die Fersen zu senken. Als sich das Pferd unter ihr bewegte, wurde ihr vor lauter Freude ganz warm. Zusammen mit ein paar anderen Anfängern ritt sie langsam im Schritt in der Reithalle. Lisa lief nebenher und führte Pontus, der wieder gesund war. Lovisa freute sich besonders darüber, dass sie ihre erste Reittour auf seinem treuen Rücken machen konnte. Sie kannten sich ja schon ein bisschen. Und dass die anderen Reiter deutlich jünger waren als sie, machte ihr nichts aus.

Aber man musste vieles beachten. Lisas Zurufe erinnerten Lovisa immer wieder daran, wie sie sitzen und wie sie ihre Hände halten sollte. Der Reitlehrer stand in der Mitte und korrigierte ebenfalls die Reiter dort, wo es nötig war.

Der süßliche Duft von Pferd und Trockenstreu erfüllte Lovisas Nasenlöcher und sie fand, das es wie herrliches Parfüm roch. Sie konnte nicht begreifen, warum Jonas diesen Geruch widerlich fand. Motoröl und Benzin rochen doch auch nicht gerade gut! Sie wurde von dem Ruf des Reitlehrers aus ihren Gedanken gerissen: „Trab!"

Pontus schien zu wissen, was von ihm erwartet wurde. Ohne dass Lovisa etwas tat, fing er brav an zu traben. Lovisa wurde plötzlich, so fand sie, auf eine schrecklich unbequeme Art und Weise vorwärtsgerüttelt. Sie verlor den einen Steigbügel und presste die Beine zusammen, um nicht runterzufallen. An Pontus' strubbeliger Mähne konnte man sich nicht gut festhalten, so dass sie sich am Sattel festklammerte.

„Lehn dich nach hinten! Runter mit den Fersen und versuch im Rhythmus des Pferdes abwechselnd aufzustehen und dich wieder hinzusetzen!", keuchte Lisa neben ihr.

Lovisa bemühte sich redlich, aber nichts klappte. Die Kunst schien darin zu bestehen, bei diesem schrecklichen Geschüttel irgendwie oben zu bleiben. Endlich ließ der Reitlehrer die Gruppe anhalten und ließ ein Mädchen vorreiten, um den anderen die Kunst des leichten Sitzes vorzuführen. Es sah total easy aus, als sie im Trab eine Innenbahn ritt und bei jedem zweiten Schritt in den Steigbügeln aufstand. Lovisa sah genau zu und nahm an, dass es darum ging, dem Trabrhythmus des Pferdes zu folgen. Dann war sie wieder dran. Lovisa wiederholte alles vor sich her: runter mit den Händen, gerader Rücken, Ferse gesenkt. Hoch, runter, hoch, runter! Auf der langen Bahn funktionierte es plötzlich. Lovisa fand den richtigen Takt und spürte, wie sie von Pontus' Bewegungen jeden zweiten Schritt hochgehoben wurde. Mit einem Mal ritten sie die Bahn in totaler Harmonie miteinander ab und Lovisa jubelte innerlich.

„Super!", keuchte Lisa. „Du hast es ja schon raus!"

Am Ende der Reitstunde sprang Lovisa erschlagen aber überglücklich vom Pferd. Sie streichelte Pontus immer wieder und gab ihm eine Mohrrübe, die sie extra aufgehoben hatte. Pontus rieb seinen Kopf an ihrer Schulter und zermalmte zufrieden seine Mohrrübe. Lisa lobte sie und verschwand dann mit einer Freundin, da Lovisa gut alleine zurechtzukommen schien. Lovisa tat, was sie gelernt hatte. Sie zog die Steigbügel auf beiden Seiten hoch, lockerte den Sattel und führte Pontus an seiner linken Seite zum Stall. Im Gang stieß sie mit jemandem zusammen, der einen Strohballen trug.

„Linn!", rief Lovisa und blieb vor lauter Staunen stehen. „Was machst du denn hier?"

„Lovisa?", sagte Linn. „Ich habe dich mit dem Helm gar nicht erkannt."

Schnell nahm Lovisa den Helm ab und lachte.

„Wir haben uns tatsächlich nur im Dunkeln gesehen", sagte sie.

„Das stimmt. Ich habe heute früh Jenny, meine kleinere Schwester, auf dem Mofa hierher gefahren", erklärte sie. „Unser Auto ist ja vor ungefähr einer Woche oder so gestohlen worden. Und jetzt habe ich Jenny versprochen ihr zu helfen. Sie hat in den Ferien die Pflege für drei Pferde übernommen.“ Linn warf einen amüsierten Blick auf Pontus, der schon im Stallgang dabei war einzuschlafen. Das Pferd nahm alle Pausen dankbar an.

„Du siehst total happy aus!“, sagte Linn zu Lovisa. „Das hat Lisa gedeichselt, oder? Sie und Jenny sind beste Freundinnen.“

Lovisa nickte fröhlich und strich Pontus sanft übers Maul.

„Ja, Jonas hat für Pferde nicht viel übrig.“

„Können wir uns nicht im Clubraum treffen, wenn du fertig bist?“, fragte Linn. „Ich habe Kakao und belegte Brote dabei.“

Der Clubraum war klein aber gemütlich, es gab ein paar Sofas und einen kleinen Tisch. Hier war es bedeutend wärmer als im Stall. Lovisa wärmte ihre kalten Hände an dem heißen Kakaobecher, den sie gerade von Linn gereicht bekommen hatte. Ihre Haare waren zerzaust und ihre Backen waren von der Wärme im Raum rot geworden. Linn hob den Becher wie zum Anstoßen und sie tranken je einen Schluck und sahen sich an.

„Schade, dass du so weit weg wohnst“, sagte Linn und bot Lovisa ein Käsebrot aus der mitgebrachten Dose an. „Dich würde ich gern öfters treffen.“

Als Lovisa diese Worte hörte, freute sie sich sehr. Sie hatte noch nie eine richtige Freundin gehabt, denn sie hat sich immer zurückgezogen, wenn jemand ihre Gesellschaft gesucht hat. Aber vor Linn hatte sie keine Hemmungen und fühlte sich gleichzeitig fröhlich und entspannt mit ihr. Das war ein ganz neues Gefühl für sie.

„Wir können uns ja schreiben", schlug Lovisa vor.

„O weh! Ich bin kein guter Briefeschreiber. Aber okay, versuchen wir es! Übrigens ist mir schon klar, warum du das willst."

Lovisa schaute fragend in Linns Funken sprühende Augen und sah Linn vor lauter Übermut grinsen.

„Du möchtest Jonas natürlich unter Kontrolle haben! Was könnte da besser sein, als eine Spionin in der Clique zu haben!"

Sie kicherten noch lange über dieses gemeinsame Geheimnis. Dann vertieften sie sich in eine Unterhaltung über Jungen und Schule, bis Jenny und Lisa kamen und ihren Teil von dem Kakao und von den Broten forderten.

Jonas und Simon liefen von den Polizisten begleitet zu Fuß in die Kiesgrube. Das Auto hatten sie an einem versteckten Platz vor dem Gelände geparkt. Rajtan zerrte und zog wie immer an der Leine und Jonas hoffte, dass der Hund ihn richtig führen würde. Er bildete sich fest ein, dass das Versteck in der dritten Grube war. Heute war die Sicht sehr gut, aber dadurch war auch die Gefahr entdeckt zu werden um so größer. Auf Anraten der Polizisten verhielten sie sich besonders vorsichtig. Sie liefen nicht unten auf dem Weg, sondern an der Seite hinter den jungen Fichten, auch wenn es beschwerlicher war dort zu gehen. Ein kalter Wind pfiff durch die Fichtenzweige. Jonas zog den Reißverschluss seiner Jacke hoch und war froh über die Handschuhe, mit denen ihn seine

Oma ausgerüstet hatte. Aber die Mütze, auf der sie auch bestanden hatte, hatte er zu Hause gelassen. Es gab Grenzen, auch bei ihm. Mit jedem zurückgelegten Meter fühlte er sich immer unsicherer. Was wäre, wenn er die Stelle nicht wieder finden würde. Und auch nicht das, was er damals aus der Luft gesehen hatte? Würde ihm die Polizei dann noch glauben?

Jonas spähte vergeblich nach dem weißen Taschentuch, das er um den Stamm der Fichte gebunden hatte. Vielleicht hatte es jemand entfernt?

Sie wollten gerade den dritten Hang hinauflaufen, als Rajtan stehen blieb und knurrte. Jonas, der mittlerweile die Signale des Hundes etwas besser kannte, wusste, dass es ernst war. Er machte den Polizisten ein Zeichen und sie knieten sich alle hinter die Fichten. Rajtans Schnauze war zum Weg hin gewandt und sie knurrte tief unten im Hals. Jonas strich dem Dackel über den Rücken und zog ihn näher an sich heran. Bewegte sich da drüben etwas unter den Fichten? Oder hatte der Hund ein Auto gehört?

Simon lauschte so angestrengt, dass ihm der Kopf schon wehtat, war aber am meisten mit dem Kies beschäftigt, der sich in seine Knie bohrte. Und damit, dass er seit Ewigkeiten nicht hatte rauchen können. Das Geräusch eines Flugzeugs ertönte von Weitem. Jonas spähte in die Luft hinauf. Aber er wusste, dass der Hund kaum ein Flugzeug anknurren würde. Nein, seine Feinde müssten bedeutend näher sein.

14

Der Wind ergriff Rita schräg von hinten, als sie von der Flughalle entschlossen auf das frei stehende Flugzeug zulief. Sie fühlte sich unruhig. Sie hatte über die Geschichte nachgedacht, die Jonas gestern Abend erzählt hatte. Je mehr sie daran dachte, desto sicherer wurde sie, dass es hier um mehr ging als um einen simplen Zusammenstoß zweier Autos. Jonas' Beobachtungen der neuen Autos, gemischt mit dem Gerede hier auf dem Flugplatz von einer Bande, die sich darauf spezialisiert haben soll, gestohlene Autos in den Osten zu verschieben, hatten ihr Misstrauen geweckt.

Jetzt kam ihr die späte Absage eines Schülers ganz gelegen. So hatte sie zwei Stunden unerwartete Freizeit. Sofort hatte sie beschlossen eine Runde über der Kiesgrube zu drehen, um ihre innere Unruhe zu beschwichtigen. Hatte sie doch das Gefühl, dass Simon und Jonas nicht genau wussten, worauf sie sich eingelassen haben. Aber sie konnte ja von der Luft aus die Lage peilen und Hilfe alarmieren, wenn ihnen Gefahr drohte.

Der Mechaniker schaute von dem Landegestell hoch, an dem er gerade mit irgendetwas beschäftigt war.

„Kein Schüler diesmal dabei?", fragte er.

„Nein. Anton hat die Grippe bekommen. Aber ich drehe selbst eine Runde von etwa einer Stunde. Alles okay?"

Er nickte und Rita kletterte auf die Tragfläche und in die Maschine hinein. Sie fing mit dem Abchecken an und setzte die Kopfhörer auf. Die kleine Maschine rollte langsam auf die Bahn hinaus.

„Siegfried-Cäsar-Gustav an Tower. Tower, bitte kommen. Hörprobe!"

Das mein Neffe aber auch nie die Finger von allem, was etwas mysteriös war, lassen konnte, dachte Rita. Obwohl sie sich eingestehen musste, dass sie selbst wohl kaum eine Unze besser war.

„Guten Tag Cäsar-Gustav! Hörbarkeit 4!"

Und Simon, der wie immer wider seinen Willen hineingezogen worden war. Aber er war selber schuld, wenn er immer, wie es seine Art war, überall plötzlich auftauchte.

„Cäsar-Gustav bittet um Starterlaubnis!"

Rita schüttelte auch den Kopf, als sie an Lovisas Reaktion auf Jonas und seine Clique dachte. Sie gingen wirklich sehr unterschiedlich mit der Zeit um, in der sie getrennt voneinander waren. Ob sie wohl ein Paar werden würden? Der Gedanke daran machte sie ganz schwindlig. Sie waren ja noch so jung.

„Cäsar-Gustav! Rollen Sie zum Startpunkt 1.8. Die Bahn gehört dir!"

Noch beim Starten lächtelte Rita über die persönlichen Schlussworte vom Tower. Auf einem kleinen Flugplatz lernte man sich eben schneller kennen. Sie warf einen Blick auf den Windsack, der nordwestlichen Wind anzeigte, und stellte fest, dass die Sicht sehr gut war. Dann zog sie die Knüppel an und das Flugzeug stieg zügig zur blassen Sonne über den Baumwipfeln auf. Als sie zweitausend Fuß erreicht hatte, blieb sie auf dieser Höhe, bis sie Ruths gelbes Haus am Waldrand liegen sah. Diese Ruth war echt eine Mordsfrau! Wenn man bedenkt, dass sie mich voll akzeptiert hat, obwohl ich das Ergebnis eines Seitensprungs ihres Mannes bin, dachte Rita.

Direkt hinter Ruths Haus lag die stillgelegte Kiesgrube. Rita ließ die Maschine sinken und bemerkte, dass Simons Mietauto vor dem Haus stand. Ganz am Anfang der Kiesgrube entdeckte sie ein schwarzes Auto, zur Hälfte unter einer Fichte versteckt. Bei dieser ersten Runde behielt sie die gleiche Höhe und kreiste über dem Gelände. Es war groß und Rita musste eine weite Kurve fliegen, um das ganze Gebiet abzuchecken.

Plötzlich entdeckte sie direkt unter ihr in einer Talsohle etwas, das wie ein Zirkuszelt aussah. Das muss es gewesen sein, was Jonas gesehen hat, dachte Rita und nahm ihre Sonnenbrille ab, um besser zu sehen. Das Zelt stand in der hintersten Ecke, von Ruths Haus aus gesehen. Es waren keine Autos oder Menschen am Zelt zu sehen.

„Sehr komisch“, murmelte Rita zu sich selbst und drehte wieder, um von der anderen Seite das Gebiet zu überfliegen. Aber wo waren Simon und Jonas? Und die Polizei?

Ihre Piper Arrow überflog das Gelände ein zweites Mal, immer noch auf ziemlich niedriger Höhe. Hinter dem zweiten Hügel entdeckte sie sie. Simons rote Jacke leuchtete deutlich zwischen den Fichten dort unten hervor. Dann sah sie Jonas und Rajtan und zwei Männer direkt vor ihnen. Aber sie sah noch etwas. Ein weiß glänzendes Auto stand mit geöffneten Vordertüren unten auf dem Weg. Zwei Personen standen davor, während Simon und die anderen noch oben am Hang standen. Jonas und der Hund waren kurz dahinter. Rita stufte die Situation augenblicklich als bedrohlich ein.

Ohne Zweifel ein paar Mitglieder der Bande, dachte sie. Es ist nur zu hoffen, dass sie keine Waffen dabeihaben.

Sie nahm sofort mit dem Tower Kontakt auf und bat sie die Polizei anzurufen, um Verstärkung an die Stelle zu schicken. Dann lenkte sie ihre Piper Arrow in die Richtung von Ruths Haus, wo sie eine so scharfe Kurve flog, wie sie konnte, ohne an Höhe zu verlieren. Hoffentlich ruft Ruth nicht den Flugplatz an und beklagt sich über den Lärm, dachte Rita, als sie die Maschine kräftig sinken ließ. Sie drosselte die Umdrehungen des Motors und steuerte auf die Stelle zu, wo sie Jonas und die anderen entdeckt hatte. Dass sie bloß nicht zu spät kam!

Die Fichtenwipfel lagen nun direkt unter Rita, als sie mit niedriger Fluggeschwindigkeit und ausgefahrenen Landeklappen flog. Es passte eigentlich nicht zu Rita, dass sie gegen das Luftrecht verstoßen hatte, aber hier konnte es um Leben und Tod gehen.

Jetzt tauchte vorne das Auto auf. Rita holte tief Luft und schob den Knüppel nach vorne, während sie gleichzeitig die Drehzahl des Motors verringerte. Ihre Piper Arrow schoss wie ein riesengroßer Raubvogel auf die

Männer um das weiße Auto herum zu. Sie beobachtete, wie sie erschrocken hochschauten, mit den Armen fuchtelten und anfingen davonzulaufen.

„Passt auf, dass ich euch nicht die Haare abrasiere!“, rief sie ihnen vom Cockpit aus zu.

Leider hatte ihre Hilfsaktion auch einen anderen Effekt: Jonas und seine Begleiter wurden genauso erschreckt wie die Männer. Sie warfen sich bei dem enormen Lärm, der entstand, als Rita den Motor wieder auf Touren brachte und in nur etwa zehn Meter Höhe über das Auto flog, auf den Boden. Mit großem Krach überflog sie die Köpfe der Bandenmitglieder. Die Maschine stieg genauso schnell, wie sie gekommen war, und verschwand hinter den Hügeln. Rita flog aber nur davon, um so schnell wie möglich wieder umzukehren und jetzt aus der anderen Richtung anzugreifen.

Aber die Männer hatten genug. Sie warfen sich ins Auto, drehten und brausten aus der Kiesgrube heraus. Die SE-FCG holte sie bei der Ausfahrt ein und Rita folgte dem Auto auf niedriger Höhe, um zu sehen, wohin sie fuhren. Wenn die Polizei Verstärkung geschickt hatte, müssten die Männer ihnen direkt ins Netz gehen. Rita konnte aus dieser Entfernung das Kennzeichen des Autos nicht erkennen, hatte aber dem Tower gemeldet, dass sie einen weißen Wagen fuhren.

Direkt vor Ruths Haus kam den flüchtenden Männern ein Polizeiauto mit blinkendem Blaulicht entgegen. Rita sah, wie das weiße Auto daraufhin mit gefährlich hohem Tempo davonschoss. Die Hinterreifen rauchten förmlich. Das Polizeiauto machte eine scharfe

Kehrtwende auf der Straße und nahm die Verfolgung mit heulenden Sirenen auf. Rita folgte in gebührendem Abstand.

Auf der Kreuzung der Landstraße hatte die Polizei eine Sperre errichtet. Der Fahrer des weißen Autos versuchte das Hindernis zu umfahren, wurde aber schließlich zum Stehen gebracht, als die Polizei die Reifen durchschoss.

Rita hatte genug gesehen. Sie seufzte erleichtert auf und ließ ihre Piper Arrow auf die vorgeschriebene Höhe steigen. Schade, dass sie Jonas und Simon nicht hatte zuwinken können. Jetzt musste sie aber zurück und dem Tower berichten, was sie getan hatte. Und dann wurde es bald Zeit für den nächsten Schüler.

Das Erste, dessen Jonas sich wieder bewusst wurde, war, dass etwas Schweres auf seinem Bauch war. Er richtete sich auf und sah, dass Rajtan auf seinem Schoß lag. Der sonst so freche Hund war vom Lärm der Maschine außer sich vor Angst und hatte bei Jonas Schutz gesucht. Jetzt sahen sie sich etwas verlegen an. Sachte streichelte Jonas den Dackel über den Rücken und Rajtan leckte ihm die Nase. Jonas spürte, wie sich etwas Warmes in ihm bewegte. Vielleicht sollten sie doch eines Tages Freunde werden, Rajtan und er. Das würde Lovisa total gefallen.

„Was zum Teufel geht hier vor?“, hörte er Simon die Polizisten fragen.

„Ich weiß es nicht. Aber anscheinend verfügen sie nicht nur über Autos, sondern auch über Flugzeuge. Das wird eine knifflige Sache.“

Die zwei Polizisten wischten sich Kies und Moos ab und Simon holte die Zigarettenschachtel heraus. Er bot den anderen eine an, die dankend ablehnten.

„Wo ist der Junge?“, fragte einer der Polizisten.

„Hier bin ich“, sagte Jonas und trat hinter einer Fichte hervor, Rajtan im Schlepptau. „Ihr müsst aber nicht befürchten, dass einer von denen im Flugzeug saß. Das war meine Tante Rita.“

„Was sagst du da!“, rief Simon aus und machte einen tiefen Zug an der Zigarette. „Aber sie hat doch Flugschüler!“

„Ich habe aber ihre Piper Arrow SE-FCG erkannt!“, sagte Jonas.

Über solche Fachkenntnisse mussten die Polizisten schmunzeln.

„Ihr glaubt mir wohl nicht?“, rief Jonas.

In diesem Augenblick piepste das Handy in der Tasche des einen Polizisten. Während des Gesprächs sah er Jonas an und nickte.

„Ja, wir sind gerade davon informiert worden. Gut, verstanden! Wir kommen so bald wie möglich zurück.“

„Jonas hat richtig gesehen“, sagte er dann. „Mein Kollege hat mir gerade mitgeteilt, dass sie von einer Pilotin in einer kleinen Maschine unterstützt worden sind. Sie haben gerade mit Hilfe einer Straßensperre zwei Männer in einem gestohlenen Auto gefasst.“

„Bravo, Rita!“, sagte Jonas und streichelte Rajtan.

Simon schüttelte den Kopf. Und mit dieser Pilotin, die wie ein Gangster flog, war er befreundet! Aber sie war doch im richtigen Moment aufgetaucht, das musste er zugeben. Die zwei Männer haben sehr angriffslustig ausgesehen, und wer weiß, was passiert wäre, wenn die sich bedroht gefühlt hätten.

„Los, kommt! Wir müssen zurück“, sagte einer der Polizisten.

„Aber wir haben ja das Schild noch nicht gefunden“, sagte Jonas enttäuscht.

„Da kann man nichts machen“, sagte der Mann.

Sie liefen den Hang hinunter und Simon kam hinterher, den Zigarettenstummel in der Hand.

„Die sind vielleicht bekloppt“, flüsterte Jonas dem Hund zu.

Er spähte verzweifelt herum, während sie zum Weg runtergingen. Da ging plötzlich – als er sich nochmals umdrehte – sein Wunsch in Erfüllung. Denn jetzt sah er das weiße Taschentuch, nach dem er suchte, an einem Fichtenstamm flattern. Jonas stieß einen Schrei aus und rannte dorthin, Rajtan folgte ihm dicht auf den Fersen.

„Hier ist es!“, rief er und scherte sich nicht darum, ob sie ihm folgen würden.

Als die Polizisten und Simon endlich ankamen, hatten Jonas und Rajtan schon angefangen zu buddeln, was das Zeug hielt.

„Augenblick“, sagte der mit dem Handy und holte eine kleine Handschaufel aus seiner Jackentasche.

Rajtan erlebte eine vergnügte Zeit. Drei Menschen halfen ihr beim Graben. Hatten sie nun endlich begriffen, dass dies eine aufregende Stelle war?

Der eisige Wind wurde immer stärker und pfiff Jonas

um die Ohren. Aber er spürte es kaum. Die Schilder mussten hier liegen.

Die Erde wurde vom vielen Graben ganz locker. Nach einer Weile hatten sie ungefähr die gleiche Tiefe erreicht wie Jonas und Rajtan beim letzten Mal. Aber so sehr sie auch suchten – es waren keine Schilder mehr da. Jonas wurde langsam rot im Gesicht und konnte nicht verstehen, warum sie nicht auf das Versteck mit den Nummernschildern stießen. Hatten die Männer sie bereits geräumt? Irritiert schaute er auf und sah, dass Rajtan einen halben Meter weiter weg angefangen hatte zu buddeln. Jonas beschloss, sich auf den Hund zu verlassen und begann ebenfalls an der neuen Stelle zu graben.

Als die Polizisten gerade vorschlagen wollten, aufzuhören, wurde Rajtan fündig. Sie winselte ungeduldig und Jonas verstand sie sofort. Er half dem Dackel, so gut er konnte, und bald danach konnte er das Schild herausfischen, das Simon in so schrecklicher Erinnerung hatte. Das Kennzeichen des Autos, von dem er um ein Haar überfahren worden war! Da musste er gleich noch eine Zigarette rauchen ... Die Polizisten pfiffen anerkennend. Bald hatten sie zusammen mit Jonas ein großes Versteck mit Nummernschildern freigelegt.

„Hier liegen vermutlich die Schilder aller gestohlenen Autos aus der Gegend. Sehr gut gemacht! Das ist wichtiges Beweismaterial."

Jonas strahlte vor Stolz. Er vergass aber nicht seine neu gewonnene Freundin Rajtan. Er kraulte den Hund hinter seinen weichen Ohren und streichelte ihn. Und der Dackel begegnete seinem Blick, ohne ihm auszuweichen.

„Ach was! Es ist alles Rajtans Verdienst“, sagte er. „Sie hat ja eigentlich die Schilder gefunden.“

15

Das letzte Stück auf dem Weg in die Disco fuhr der Bus auf einem holperigen Kiesweg. Lovisa und Jonas wurden gegeneinander gerüttelt wie zwei Erbsen in der Dose. Aber sie sahen nicht so aus, als ob sie etwas dagegen hätten – schließlich war es ihr letzter gemeinsamer Abend.

„Hoffentlich nimmt es uns Rita nicht übel, dass wir nicht zu ihrem Fest gekommen sind“, seufzte Lovisa.

„Quatsch! Rita rafft es schon. Sie ist doch nicht umsonst die beste Tante der Welt. Sie ist bestimmt nur froh, dass sie sich keine Gedanken darüber machen muss, ob wir uns langweilen oder nicht.“

Lovisa lachte erleichtert. Sie musste Jonas Recht geben. Rita wollte immer, dass alle fröhlich waren. Und Tante Ruth war genauso. Es war bestimmt am besten so, wie es war.

Jetzt tauchte vorne eine Lichterkette auf. Die lauten Bassklänge hallten schon bis in den Bus, in dem Jonas und Lovisa saßen.

Als der Bus an der Haltestelle angehalten hatte, ließ Jonas Lovisa zuerst aussteigen. Er pfiff vor Begeisterung, als sie ihre glänzenden Haare über die Schulter warf. Nie hatte er sie so hübsch gesehen wie heute Abend. Ja, er fand sie direkt schön mit ihrer grünschimmernden Bluse zu der schwarzen Jeans.

„Lass mich an deinen Haaren riechen“, sagte Jonas.

Lovisa warf den Kopf herum, sodass ihre langen Haare sein Gesicht streiften. Ihre grünen Augen strahlten ihn keck an. Das kommt mir bekannt vor, dachte Jonas. Gleich läuft sie davon. Er legte sicherheitshalber den Arm um ihre Taille und schnüffelte an ihrem Nacken.

„Kein Hauch von Pferdegeruch!“, sagte er vergnügt.

„Du wirst dich aber daran gewöhnen müssen, Jonas. Am liebsten bin ich zwar mit dir zusammen, aber danach kommt gleich der Stall. Es ist das Schönste, was ich jemals erlebt habe.“

Er drehte den Kopf weg und schnitt eine Grimasse. Lisa hatte gewonnen, das stand fest. Er hätte sie nicht allein lassen sollen. Aber noch lag er auf dem ersten Platz – immerhin!

Die Clique von Jonas wartete schon vor dem Lokal auf sie. Lovisa begrüßte schüchtern Frederik, Tina und Tobias. Es war gut, dass sie Jens und Linn schon kannte, die sie beide anlächelten. Es dauerte auch nicht lange, bis Linn an ihrer Seite war. Sie hakte sich bei Lovisa ein und blinzelte ihr aufmunternd zu. Sie folgten dem Strom zum Eingang und bezahlten an der Kasse ihre dreißig Kronen. Alle bekamen einen Stempel auf die Hand. Linn hielt in dem Gedränge Lovisas Arm mit einem festem Griff.

„Komm, drehen wir eine Runde, dann zeige ich dir alles“, rief sie.

Lovisa sah über die Schulter, wie die Jungs in der

Cafeteria Platz nahmen, während Linn und Tina sie in Richtung Tanzfläche mitzerrten.

Es war ziemlich dunkel in der Disco und bunte Spotlights blinzelten im Rhythmus der Musik. Lovisa sah sich um. Die Tanzfläche war proppevoll mit Jugendlichen und der Geräuschpegel hatte fast die Schmerzgrenze erreicht. All diese fremden Gesichter erschreckten sie ein bisschen. Linn schien es spüren und drückte freundschaftlich ihren Arm. Sie zogen in Richtung Toiletten, wo der Lärm nicht ganz so laut war.

„Super Lokal, was?", sagte Tina, als sie endlich hinter der Tür waren.

„Als Disco unterscheidet sie sich kaum von anderen, aber sie ist echt riesengroß", sagte Lovisa, während sie sich kritisch im Spiegel prüfte.

„Du hast sagenhafte Haare, Lovisa", sagte Linn. „Total dick und so lang."

Lovisa lächelte sie dankbar an. Sie verbesserten ihre eh schon perfekten Gesichter und machten einander Komplimente. Lovisa erwischte sich dabei, es hier total nett zu finden. Sie hatte ja nie Freundinnen gehabt und jetzt war ihr klar, was sie versäumt hatte. Typisch, dass sie gerade jetzt wieder wegfahren musste.

Vor der Toilette stießen sie mit einem großen, blonden Jungen zusammen, den Tina kannte. Während sie sich unterhielten, wandte er seine Augen kaum von Lovisa. Verwirrt senkte sie den Blick und wurde rot. Tina erzählte von sich, fühlte sich aber schließlich gezwungen sie einander vorzustellen.

„Lovisa, das ist Markus!", sagte Tina.

„Hallo, Lovisa! Dich habe ich bis jetzt noch nie hier gesehen. Komm, tanzen wir. Die spielen gerade einen Langsamen."

Bevor jemand von ihnen reagieren konnte, hatte er Lovisas Hand gepackt und sie in das Gedränge auf die Tanzfläche gezerrt.

„Also so was", sagte Linn und schaute verdutzt.

„Typisch Markus", sagte Tina. „Er hält sich nicht zurück, wenn er etwas haben will. Aber was wird Jonas dazu sagen?"

„Ach was! Das wird er wohl verkraften. Schließlich gehört sie ihm ja nicht."

Ungefähr zur gleichen Zeit kam Jens mit einer Cola und drei Gläsern an den Tisch. Er schenkte das schäumende Getränk ein, schob Jonas ein Glas zu und sah ihn neugierig an.

„Erzähl doch bitte, wie es weitergegangen ist! Haben die Bullen den Typ erwischt, mit dem Simon zusammengeknallt ist?"

Jonas, der dagesessen und nach Lovisa geschielt hatte, lehnte sich über den Tisch.

„Schlimmer noch, Jens. Die Polizei hat eine große Bande gesprengt, die sich darauf spezialisiert hatte neue Autos zu klauen und sie dann in den Osten zu verschieben. Der Typ, der Simon angefahren hat, war einer der Bosse."

„Echt? Haben sie denn auch ein paar von den Autos gefunden?", wollte Frederik wissen.

„Ein paar! Gestern Abend haben sie drüben bei meiner Großmutter die ganze Kiesgrube durchsucht und mehr als fünfzig Autos gefunden, die waren in einem großen Zelt versteckt. An allen fehlten die Nummernschilder und bei einigen waren auch – vor ihrer Schiffsreise nach Polen – die Fahrgestellnummern geändert."

„Wahnsinn!", stöhnte Jens.

„Und dabei war alles eigentlich reiner Zufall", fuhr Jonas fort. „Lovisa und ich haben einen Spaziergang gemacht und Ritas Dackel hat sich losgerissen. Der Hund hat das Beweismaterial ausgebuddelt und damit war die Sache klar."

Linn und Tina kamen an den Tisch und setzten sich.

„Wo ist Lovisa?", fragte Jonas.

„Sie tanzt mit einem Typ, mit Markus", antwortete Tina.

Jonas hatte das Gefühl, dass der Raum um ihn herum blitzartig zusammenschrumpfte. Mit einem Mal sah er seine Freunde wie in einem Nebel.

„Markus ist einfach mit ihr abgezogen", erklärte Linn.

„Sie wird bald wieder hier sein", fügte Tina hinzu.

Aber Jonas war schon auf den Beinen und wollte losstürzen.

„Bleib cool, Mann!", sagte Jens und hielt ihn fest. „Warte doch wenigstens, bis die Musik zu Ende ist." Bum, bum! Jonas wusste nicht, ob es sein Herz oder der Bass war, der so in ihm vibrierte. Er hat kaum verstanden, was Jens gesagt hat. Stattdessen überfiel ihn dieses komische, stechende Gefühl in der Brust. Das Gefühl hatte er nicht mehr gehabt, seit sie letzten Sommer in der Disco in Växjö gewesen waren und Lovisa mit einem anderen getanzt hatte. Wie er diese Art von Veranstaltung hasste. Er wollte Lovisa nicht mit irgendjemandem teilen. Er war am liebsten mit ihr allein. Gerade eben im Bus hatte sie nur für ihn existiert. Wie konnte sie ihm so etwas antun?

„Lass mich los, Jens. Das ist unser letzter Abend."

Das nächste Lied ging nach einer Mini-Pause los und Lovisa war immer noch nicht zu sehen. Jonas machte sich mit einem Ruck frei und verschwand in Richtung Tanzfläche – seine Miene war alles andere als freundlich.

„Manchmal hat er keine Spur von Humor", sagte Frederik und schüttelte den Kopf.

„Eifersüchtig, meinst du?", überlegte Linn.

„So habe ich ihn noch nie gesehen", sagte Tina.

Aber Jens sah bekümmert in die Richtung, in der Jonas verschwunden war.

„Kommt, Jungs!", sagte er und stand auf. „Ich glaube, wir müssen ausrücken. Dieser Markus geht schon aufs Gymnasium. Wer weiß, wie der reagiert."

Die Jungs machten sich auf. Linn und Tina sahen sich an.

„Markus ist ein eingebildeter Typ", sagte Tina. „Aber er ist ganz nett, wenn man ihn kennt."

„Komm, wir gehen auch hin!", sagte Linn.

Sie standen auf und folgten den Jungs.

Auch wenn Lovisa nervös war, konnte sie nicht umhin sich von den Rhythmen und der Stimmung auf der Tanzfläche mitreißen zu lassen. Markus tanzte gut und hielt sie eng umschlungen. Keinem außer Jonas hatte sie bisher erlaubt ihr so nahe zu kommen, aber das Gedränge hier draußen machte es unmöglich ihn auf

Abstand zu halten. Sie war nur sehr dankbar, dass sie mit ihm nicht reden musste. Bald müsste die Musik zu Ende sein und sie würde sich davonmachen können. Als aber die Pause zwischen den Songs endlich kam, war sie so kurz, dass sie sie gar nicht wahrgenommen hat.

Markus' starke Arme zogen sie noch enger an sich heran und sie spürte, wie er seinen Körper an ihren presste. Lovisa wurde schwindlig vor Augen und sie betete verzweifelt, dass Jonas sie jetzt nicht sehen würde. Sie war wie in einer Falle gefangen, die sie einerseits lockte, und andererseits erschreckte. Als Markus aber seine linke Hand in ihren Nacken schob und ihren Mund suchte, um sie zu küssen, hatte sie genug. Mit einem Ruck riss sie sich aus seinem Griff und gab ihm eine Ohrfeige. Im Nu gab es viel Platz um sie herum. Lovisa drehte sich um, um wegzugehen, aber Markus lief ihr hinterher und packte sie.

Während sie versuchte sich loszureißen, stieß sie mit Jonas zusammen, der gesehen hatte, wie Markus Lovisas Hand festhielt. Ihm wurde schwarz vor Augen.

„Lass meine Freundin los!", schrie er.

„Und wie sollte ich wissen, dass sie deine Freundin ist?", fragte Markus von oben herab. „Kleine Flöhe sollen nicht husten."

Jonas verlor total die Beherrschung. Mit einem Schrei wollte er sich auf Markus stürzen, fand sich aber von starken Armen daran gehindert. Jens, Frederik und Tobias waren hinter ihm aufgetaucht, um eine Prügelei zu vermeiden.

„Lass es, Jonas. Der Typ ist es nicht wert."

Jens und die anderen starrten Markus wütend an.

„Reiß dich zusammen, Markus!“, sagte Tina. „Lovisa hat schon einen Freund.“

Im nächsten Augenblick war jemand vom Aufsichtspersonal zur Stelle. Markus zuckte mit den Schultern und mit einem spöttischen Grinsen ließ er Lovisas Hand frei. Dann machte er auf dem Absatz kehrt und verschwand.

Linn und Tina umarmten Lovisa, während Jonas mit den Jungs zum Tisch zurückging. Er zitterte am ganzen Körper nach der Anspannung und hatte das Gefühl, dass er vor der Clique etwas tun wollte, was er sich vorher nie getraut hätte. Er wollte weinen. Jens versuchte ihn dazu zu bringen etwas zu trinken. Aber was immer die Kumpel vorschlugen, Jonas lehnte es ab. Er saß nur da und schmollte. Nichts spielte mehr eine Rolle. Der Abend war sowieso im Eimer.

Aber da kam Lovisa endlich zum ihm und suchte unter dem Tisch seine Hand. Jens und die anderen zogen sich diskret zurück, um sie in Ruhe zu lassen.

Ihre Blicke trafen sich und etwas in Jonas drinnen zerbrach. Die Spannung ließ nach und die Tränen liefen ihm die Wangen hinunter. Lovisa saß still da, hielt seine Hände und ließ ihn weinen. Einige, die an dem Tisch vorbeigingen, glotzten sie an, aber sie merkten es nicht einmal.

„Warum, Lovisa“, schluchzte er schließlich.

„Es ist einfach passiert. Er hat mich aufgefordert und ich hatte keine Zeit zu reagieren. Das ist doch nicht die Welt, oder?“

„Es war unser Abend“, sagte er und zog seine Hände zurück.

„Dann mach nicht das, was noch davon übrig ist, auch noch kaputt. Ich hätte diesen Markus abblitzen lassen, wenn er mich nicht so überrumpelt hätte.“

Jonas sah mit feuchten Augen seine Lovisa an und fand, das sie erstaunlich unberührt wirkte. Ganz anders als vorhin, als sie sich in den Klauen dieses Typen befand. Für sie war es anscheinend nur eine Bagatelle.

„Jetzt verstehst du vielleicht, wie ich mich gefühlt habe“, fuhr Lovisa fort, „als jede Menge Mädchen bei dir anriefen – an dem Abend, als ich gerade angekommen war.“

Er wischte seine Tränen mit dem Ärmel weg und begegnete wieder ihrem Blick. Es widerstrebte ihm, aber er musste zugeben, das etwas dran war an dem, was sie sagte.

„Okay“, sagte er und streckte ihr wieder die Hände entgegen. „Im Moment steht es eins zu null für dich.“

„Eher unentschieden“, sagte Lovisa. „Wollen wir tanzen? Die anderen warten auf uns.“

Jonas schien eine Weile darüber nachdenken zu müssen. Dann stand er rasch auf und zog sie auf die Füße.

„Weißt du denn nicht, dass ich Discos hasse?“, sagte er und legte einen Arm um ihre Taille.

16

Der Samstag begann mit einem viel versprechend klaren Himmel. Aber noch zögerte die nächtliche Dunkelheit eine Weile vor dem Fenster. Auf dem Sofa im Wohnzimmer saßen Jonas und Lovisa eng zusammen und blinzelten schläfrig. Die knarrende Standuhr schlug sieben Mal und erinnerte sie daran, dass sie nur knapp vier Stunden geschlafen haben. Jonas' Großmutter hatte sie früh aus den Betten geworfen, damit sie für die morgendlichen Aktionen genug Zeit haben würden: Packen und Hund ausführen.

„Vielleicht sollten wir helfen", sagte Lovisa, als sie hörte, wie Ruth in der Küche herumwirtschaftete.

„Wir waren mit dem Hund draußen, das muss reichen", murmelte Jonas und lehnte seinen Kopf an Lovisas Schulter.

Rajtan stand von ihrem Platz auf dem Teppich auf, als hätte sie gehört, dass über sie geredet wurde. Der Dackel schätzte die Entfernung mit einem Blick und machte einen Sprung aufs Sofa. Von dort kletterte sie entschlossen auf Jonas' Schoß und machte es sich bequem. Zu Jonas' Zufriedenheit starrte Lovisa sie ganz erstaunt an.

„Dies hier", sagte Jonas und streichelte den Dackel, „ist meine neue Freundin Rajtan. Wir arbeiten zusammen, sie und ich."

Der Hund stimmte zu, indem er Jonas freundschaftlich die Nase ableckte. Lovisa ließ ihr herrliches Lachen ertönen und umarmte sie beide.

„Ist das nicht super! Es ist total stressig für mich gewesen, dass ihr zwei euch nicht vertragen konntet."

Hinten in einem Sessel lag Großmutters Kater Timo und betrachtete die Szene auf dem Sofa. Er und Rajtan konnten sich inzwischen in demselben Zimmer aufhalten, aber sie taten so, als würden sie sich nicht sehen.

„Ich möchte, dass du weißt, dass es hier bei euch echt Spitze gewesen ist", sagte Lovisa auf einmal ernst. „Trotz Einbrecher und anderer Gespenster. Und besonders schön war es deine Oma kennen zu lernen. Sie ist irgendwie total cool. So eine Oma hätte ich auch gerne."

„Sie kann ja von jetzt an auch deine Oma sein", sagte Jonas und lächelte sie an. „Die Ferien sind zu schnell vorbeigegangen. Du bist doch gerade erst gekommen."

Lovisa nickte still. Das Gefühl hatte sie auch. Die Zeit ohne ihn war immer viel länger. Aber jetzt wusste sie etwas mehr über Jonas' Leben und was er so trieb. Sie hatte seine Freunde getroffen und war von ihnen akzeptiert worden. Das war mehr, als sie je zu träumen gewagt hätte. Der Besuch bei Jonas hatte sie auch auf andere Dinge neugierig gemacht. Sobald sie zu Hause war, würde sie Rita fragen, ob sie reiten durfte. Es wäre vielleicht nicht schlecht, wenn sie auch was anderes täte, als nur an Jonas zu denken.

Vor dem Fenster wurde es langsam hell. Jonas lehnte sich vor und schielte zum Himmel.

„Das Flugwetter wird leider super."

„Leider?", fragte Lovisa.

„Ja, totales Startverbot wäre doch Spitze gewesen!", sagte er und zog sie an sich, auch wenn Rajtan dazwischengeriet.

Lovisa erwiderte seinen Kuss mit der ganzen Zärtlichkeit, die sie trotz ihres Schlafmangels aufbringen konnte. Die Erinnerung an seine Küsse wollte sie während all den Wochen mit sich tragen, bis sie sich wieder sehen würden.

„Du kommst doch Weihnachten, wie versprochen?", flüsterte sie.

„Großes Ehrenwort! Mama und Papa haben mir schon grünes Licht gegeben."

„Hallo, ihr Turteltauben! Ich düse jetzt ab!"

Simon stand in der Tür und winkte ihnen lachend zu. Er würde Landstraße fahren müssen und brauchte dazu den ganzen Tag.

„Übrigens Jonas. Danke für deinen Spürsinn. Auf dich ist immer Verlass."

Seine Worte machten Jonas innerlich ganz glücklich. Simon war ein toller Typ, wie Lovisa immer sagte.

Sie sahen durchs Fenster, wie Rita Simon zu seinem Auto, das er am Vorabend aus der Werkstatt geholt hatte, begleitete. Zu Lovisas großer Freude umarmten und küssten sie sich, bevor Simon ins Auto stieg.

„Siehst du!", sagte Jonas und knuffte Lovisa in die Seite. „Noch haben sie ihr Pulver nicht verschossen."

Kurz darauf rief Jonas' Großmutter sie zum Abschiedsfrühstück in die Küche. Sie hatte auch an diesem Morgen keine Mühe gescheut: selbst gebackene Brötchen direkt aus dem Ofen, leckere Marmelade und frisch gebrühter Tee und Kaffee. Zudem hatte sie den Tisch zum Abschied festlich gedeckt und in den Kerzenhaltern aus bemaltem Holz brannten Kerzen. Timo schlich ihnen in die Küche nach und sprang auf den Kühlschrank, wo er es sich bequem machte. Rajtan legte sich unter den Tisch, nachdem Rita, Thomas, Jonas und Lovisa Platz genommen hatten.

Als sie gerade über die Brötchen herfallen wollten, klingelte das Telefon im Flur. Alle schauten Jonas an. Wer rief denn sonst an einem Samstag um sieben Uhr dreißig an? Das könnte nur jemand aus der Clique sein.

„Es ist für dich, Lovisa", sagte Großmutter. „Du kannst das Telefon im Büro benützen."

Erstaunt und fragend ging Lovisa zum Telefon. Könnte ihre Mutter etwa die Nummer von hier haben?

„Hallo, Lovisa! Hier ist Linn. Entschuldigung, dass ich so früh anrufe. Ich wollte nur Tschüss sagen und um deine Adresse bitten. Wir wollen uns doch schreiben."

Lovisas Herz machte einen Sprung vor Freude. Linn meinte es mit ihrer Freundschaft ernst.

„Das macht gar nichts, Linn. Ich schreibe dir zuerst, versprochen."

Als sie in die Küche zurückkam, flüsterte sie Jonas, der sie neugierig anguckte, Linns Namen ins Ohr. Er machte ein erstauntes, aber frohes Gesicht.

„Ein Glück, dass die jungen Leute beschlossen hatten ihre Ferien bei dir zu verbringen", sagte Thomas zu seiner Mutter. „Sonst weiß der Kuckuck, wie es gelaufen wäre."

„Ja, mein Gott", sagte Ruth und schlug ihre Hände

zusammen. „Es hat mir großen Spaß gemacht sie hier zu haben. Ich werde auch alle sehr vermissen."

Ruth ging mit keinem Wort auf Thomas' Anspielung auf den getürkten Kripomann ein. Es war ihr anscheinend zu peinlich.

„Und du, mein Kind", fuhr Großmutter fort und klopfte Lovisa auf die Schulter, „du bist hier immer willkommen, wann immer du willst. Ich habe doch das Gefühl, dass du schon zur Familie gehörst."

Rita lächelte Lovisa ermunternd an, als diese glühend rot wurde. Mit jedem neuen Menschen, dem sie näher kam, verschwand ein Stück des alten Misstrauens in ihr. Obwohl es eigentlich ein trauriger Tag war, spürte sie viel Zuversicht in sich wachsen.

Den Rest der Mahlzeit verbrachten Jonas und Lovisa schweigend. Sie aßen nicht viel, sondern hielten unter dem Tisch Händchen. Rita und Thomas scherzten und unterhielten sich mit Ruth, als wäre es ein ganz normaler Tag. Vielleicht gewöhnt man sich an Abschiede, wenn man erwachsen ist, dachte Jonas. Ihm selbst war zum Heulen zu Mute, jedes Mal, wenn er seine geliebte Lovisa ansah.

„Was seid ihr denn für trübe Tassen!", rief plötzlich Thomas zu Jonas und Lovisa. „Ihr esst ja gar nichts!"

„Lass sie in Ruhe, Thomas", sagte Rita. „Du bist doch selbst auch einmal verliebt gewesen."

Thomas verstummte verdutzt und beobachtete dann verstohlen seinen Sohn. War es wirklich ernst zwischen den beiden? War sein Sohn dabei erwachsen zu werden, ohne dass er es bemerkt hatte? Er hatte das Ganze mehr als einen harmlosen kleinen Flirt gesehen. Der Kerl war ja verdammt noch mal erst fünfzehn Jahre alt. Aber nicht einmal er konnte sich in der Intensität der Blicke irren, die die beiden austauschten. Thomas rieb sich das Kinn und warf Rita einen fragenden Blick zu. Sie war anscheinend besser informiert. Er musste mit Jonas darüber reden. Klären, ob er darüber Bescheid wusste, woran man denken musste ...

Das Frühstück war zu Ende und die Stunde des Aufbruchs hatte geschlagen. Der totale Abschiedsstress brach im Flur aus und jeder wollte jeden umarmen. Großmutter hatte Tränen in den Augen, als sie sie vor die Tür begleitete. Sie nahm Timo als Trost in den Arm, und als das Auto wegrollte, winkte sie ihnen lange nach.

Jonas und Lovisa drehten sich auf dem Rücksitz um und sahen Ruth allein vor ihrem großen Haus stehen. Sie winkten ihr zu, bis sie zu einem kleinen Pünktchen wurde und schließlich außer Sicht verschwunden war.

Als Jonas heute die Startbahn sah, kam bei ihm nicht die übliche Freude auf. Die Sonne war gerade über die Baumwipfel geklettert, aber das schöne Wetter passte überhaupt nicht zu seiner Gemütsverfassung. Regen und Hagel hätten besser gepasst. Sie saßen eng umschlungen auf dem Rücksitz, ohne ein Wort miteinander zu wechseln. Es gab nichts mehr zu sagen.

Alle halfen mit dem Gepäck und Jonas nahm Rajtan auf den Arm. Während Rita Wetter und Route mit dem Tower abklärte, saßen Jonas und Lovisa auf der größten Tasche und warteten.

„Hast du Angst?“, fragte Jonas.

Er dachte gerade dran, wie es vor einer Woche gewesen war, als sie hierher geflogen waren.

„Ein bisschen“, gab Lovisa zu. „Aber ich habe Vertrauen zu Rita.“

Ein letzter langer Kuss, dann halfen sie mit, das Gepäck in der Maschine zu verstauen. Jonas hob Rajtan hoch, drückte sie noch einmal fest und stellte den Dackel dann zu Lovisa auf die Tragfläche. Der Mechaniker hatte diesmal nichts dagegen einzuwenden, dass Jonas dabei war. Er nickte ihm nur fröhlich zu, wie jemandem, den er schon lange kannte.

Rita und Thomas verabschiedeten sich ebenfalls voneinander.

„Es war wunderbar, dich etwas näher kennen zu lernen“, sagte Rita und zerzauste Thomas' Haare.

„Danke gleichfalls, Schwesterherz“, sagte Thomas und lächelte. „Lass bis zum nächsten Mal nicht mehr zu viel Zeit verstreichen, o. k.?!“

„Keine Sorge“, sagte Rita und nickte in Jonas' und Lovisas Richtung.

Lovisa war von der Tragfläche direkt in die Arme von Jonas gesprungen, der sie auffing und mit ihr herumkreiste. Die Umarmung wollte kein Ende nehmen.

„Die zwei werden schon Gründe finden, um sich zu treffen“, meinte Rita.

Sie seufzte und ging auf sie zu. Vorsichtig befreite sie Lovisa aus Jonas' Armen und half ihr auf die Tragfläche. Jonas und Lovisa weinten beide. Rita sah Hilfe suchend ihren Bruder an und fühlte sich wie ein Verbrecher.

Thomas nickte ihr tröstend zu und zog Jonas die zweihundert Meter zur Flughalle mit sich. Rita stieg auf die Tragfläche und in die Maschine. Sie ließ den Motor an, checkte das Armaturenbrett durch und dann rollte ihre Piper Arrow langsam, aber unerbittlich auf die Startbahn zu. Jonas schluckte und schluckte, folgte aber mechanisch allen Bewegungen im Cockpit. Er sah Lovisas hellen Kopf durch das Fenster. Die Blinklichter schienen ihm fröhlich und keck entgegenzublinzeln. Als das Flugzeug auf der Startbahn in Fahrt kam und gegen einen klaren Novemberhimmel aufstieg, kamen ihm wieder die Tränen. Er stand da und sah stur der Silhouette der Maschine nach, bis sie am Horizont verschwand. Als auch das Motorengeräusch verstummt war, spürte er den vertrauten Arm seines Vaters auf seiner Schulter.

„Das ist im Augenblick sicher ein schwacher Trost, Jonas. Aber die Zeit vergeht so schnell. Bevor du dich versiehst, ist Weihnachten."